基礎からわかる

漢詩の読み方・楽しみ方

読解のルールと味わうコツ45

新版

鷲野 正明 監修

はじめに

漢詩は、奈良・平安朝以来日本人の感性を育み、今なお多くの人々が漢詩に親しまれています。また漢詩を作ってみようという人もいて、作詩教室の定員がすぐにいっぱいになるほどです。漢詩は読むほどに作るほどに味わいが深まり、新しい発見があります。

漢詩に馴染みのない人は、漢字だけの詩は難しいと思うでしょうが、騙されたと思って、まず短い詩でいいですから、やさしい漢字だけの詩を、読み下しの文を声を出して読んでみるとよいでしょう。リズムがよく、意味もすんなり理解できるはずです。

詩はどんな詩でもそうですが、まず全体の意味を捉えたら、言葉がその位置に使われているのはなぜなのか、言葉と言葉がどのように連携しているか、全体がどう構成されているかを考え、描かれている風景や色彩を想像しながら、もう一度読んでみると格段に面白くなります。作者の生い立ちや作詩の背景を知れば、さらに面白さが増します。

漢詩の本は、とかく難しくなりがちですが、本書は、できるだけ親しみやすくかみ砕いた内容になっています。

この書を入門としてさらに漢詩の世界に分け入っていただければ幸いです。

監修者　鷲野正明

基礎からわかる 漢詩の読み方・楽しみ方 新版 読解のルールと味わうコツ45

目次

※本書は2019年発行の『基礎からわかる漢詩の読み方・楽しみ方 読解のルールと味わうコツ45』を「新版」として発行するにあたり、内容を確認し一部必要な修正を行ったものです。

第3章 漢詩がきちんとわかるコツその2 ～人生（別れ・感傷・悲哀）詩編～

きちんとわかるコツ その2

引用作品　詩題の訓読順　※（　）は原文

第1章 漢詩とは

漢詩とは何か

この章では、漢詩の歴史と基本的なルールをわかりやすい例詩とともに解説し、漢詩とは何かを紹介します。

鑑賞のコツ 1

詩は情を詠うもの。感動がないところに詩は生まれない

例詩

贈汪倫（汪倫に贈る）

盛唐　李白

李白乘舟將欲行
忽聞岸上踏歌聲
桃花潭水深千尺
不及汪倫送我情

李白　舟に乗りて将に行かんと欲す
忽ち聞く　岸上踏歌の声
桃花潭水深さ千尺なるも
及ばず　汪倫の我を送るの情に

解説

作者の李白が桃花潭という深い淵から舟に乗って出発しようとしています。すると突然、岸の上で、踊りながら歌をうたい、李白を見送ってくれる人がやって来ました。それはなんと、それまで世話になった汪倫でした。まさかわざわざ見送ってくれるとは、思ってもみませんでした。びっくりするやら嬉しいやら。そこで見送ってくれたお礼にこの詩を作り、贈ったのです。「桃花潭の水の深さは千尺もある深い深い淵だが、汪倫が私を見送ってくれる情の深さには及ばない」と。

大意

吾輩李白が舟に乗っていままさに出発しようとしていると、たちまち岸の上から足を踏みならし歌をうたう声が聞こえてきた。

桃花潭の水の深さは千尺もあるが、汪倫が私を見送ってくれる情の深さには及ばない。

詩には、句数と字数が決まっている定型の詩と、そうではない詩があります。定型詩は、絶句や律詩という分類の詩があり、これを近体詩と言います。近体詩は、「平仄を合わせる」ことと「韻を踏む（押韻）」という規則があります。近体詩以外の詩は古体詩と言い、これは韻を踏みますが、平仄を合わせる必要はありません。

平仄が合うように配列

絶句や律詩の近体詩は、平字と仄字が規則的に配列されています。

韻を踏む（押韻）

同じ韻の字を詩句の特定の場所に置くことを言います。また、韻を踏むことを「押韻」とも言います。（古体詩は平仄のしばりはありませんが、韻は踏んでいます。）（P28参照）

チェック２

作者の想いは詩の規則に基づいて詠われる。

李白乘舟將欲行
忽聞岸上踏歌聲
桃花潭水深千尺
不及汪倫送我情

詩は、一首、二首と「首」で数えます。長編の場合は一篇、二篇と「篇」で数えることもあります。詩は、行ごとに示すと分かりやすいので、行ごとに改行します。その行のことを「句」と言います。

一句が五字でできているものを五言の句、七字でできているものを七言の句と言います。

四句で構成される詩で、平仄と押韻の規則に合っているものを「絶句」と言います。八句で平仄と押韻の規則に合っていれば「律詩」です。右の詩は、一句七言で、四句で構成されています。後述しますが、この詩は平仄と押韻の規則に合っていますので、七言絶句です。（P21参照）

鑑賞のコツ 2

漢詩の歴史を知りましょう

◇詩経、楚辞の誕生

「漢詩」は狭義では漢代（前206年~220年）に作られた詩を指しますが、日本では、「和歌」に対して中国の詩のすべてを「漢詩」と言っています。

漢詩の発祥は、正確には分かりませんが、およそ紀元前11世紀から前7世紀にかけて、周の初めから春秋時代までの、黄河流域の諸国や王宮で歌われた詩歌305編を収めた詩集『詩経』が中国最古の詩集です。この詩集に収める詩は四言詩を基本とし、韻は踏みますが、句数、平仄などの形式は定まっていませんでした。その後200年以上の時を経て、戦国時代に楚という国で、屈原という天才的な詩人が誕生しました。そして、屈原の詩を中心にした詩集『楚辞』が編纂されました。漢の時代に入り、その系統を汲む「賦」（楽曲を伴わず朗読する）が宮廷で流行しましたが、これは詩とは別系統の文体とされます。一方で、楚辞は後に詩の形式に大きな影響を与えました。

◇楽府の誕生

前漢時代、武帝（第7代目）により、宮中に歌謡曲や民謡を収集・研究する「楽府」という役所が設置されました。収集されたものは、本来は楽曲を伴うものでした。その楽府に集められた歌謡、あるいはそれ以後の歌謡が「楽府」と呼ばれるようになり、楽曲が失われても「楽府題」のもとに替え歌が作られました。

その当初、楽府は句の長短が不揃いのものが多く、これを雑言詩と呼びます。その一方で、一句が五音にそろえられた五言詩が生まれ、後漢時代になると文人が五言詩を作るようになり、これが漢詩の中心となっていきます。

◇個性的な五言詩が定着

魏、呉、蜀の三国によって覇権が争われた三国時代には、魏の武帝・曹操、文帝・曹丕、弟の曹植親子の三曹が中心となって五言詩を確立しました。

六朝時代に入ると、田園詩人と呼ばれる陶潜（別名・陶淵明）、山水詩人の祖と呼ばれる謝霊運などの多くの詩人が登場して活躍しました。

◇唐の時代に全盛期を迎える

唐の時代に入ると詩は宮廷を離れて広く民間に伝わりました。

唐の時代を唐詩と呼びます。その詩の流れは、初唐、盛唐、中唐、晩唐の四つの時期に分けて考えられています。（詳しくは左の一覧表をご覧ください）

また、この時代に詩の形式はほぼ固まり、それまでの時代の詩を「古体詩」、唐の時代からの詩を「近体詩」と呼びます。

科挙の試験に作詩が課せられたことから詩は隆盛し、詩の黄金時代を迎えました。特に盛唐の李白・杜甫の詩は後世「詩は必ず盛唐」と呼ばれるようになるほど、その模範とされました。

唐が滅んだ後も漢詩を作ることは士大夫（現代で言うところの知識階級、インテリのこと）のたしなみとされ、宋時代にはより理知的な詩が作られました。北宋では蘇軾、黄庭堅、王安石、南宋では陸游などが輩出し、明時代には高啓などの詩人が登場して活躍しました。

漢詩は、日本をはじめ東アジアを中心に多くの人々に鑑賞されそして作詩されました。

西暦	王朝／時代	出来事・トピックス
紀元前１１００年頃～前２５６年	周王朝（紀元前７７０年に周が東西に分裂後、春秋戦国時代に）	周の初めから春秋時代（前７７０年～前４０３年）までの、黄河流域の諸国や王宮で歌われた詩歌３０５首を収めた中国最古の詩集『詩経』が編纂される。（孔子［紀元前５５１年～４７９年］の頃には、ほぼ今に伝わる詩集の型が出来上がっていた）
紀元前７７０年～前２２２年	春秋戦国時代	戦国時代（前４０３年～２２２年）に楚国にて、屈原［紀元前３４３年?～２７７年?］という天才的な詩人が誕生する。屈原の作品を中心とした『楚辞』が編纂される。
紀元前２０６年～後８年	漢王朝（前漢）	『楚辞』の流れをひく「賦」（美しい文体の長編の詩）が宮廷で流行。武帝（第7代目）により「楽府」が設置され、「楽府」が盛行する。
8年～23年	新王朝	王莽が漢を滅ぼし、新たに王朝を立てる。
25年～２２０年	漢王朝（後漢）	光武帝が、王莽の「新」を滅ぼし漢を再興する。後漢時代末期に「五言」の詩が定着。これが漢詩の基本形となる。『文選』に「古詩十九首」として収められている。

西暦	王朝／時代	出来事・トピックス
２２０年～５８９年	三国六朝	魏、呉、蜀によって覇権が争われた。魏の武帝・曹操、文帝・曹丕、弟の曹植親子の三曹等が五言詩を確立した。田園詩人と呼ばれる陶潜［別名・陶淵明３６５年～４２７年］、山水詩人の祖と呼ばれる謝霊運［３８５年～４３３年］ら、多くの詩人が登場。
５８１年～６１７年	隋王朝	文帝が陳を滅ぼし南北を統一する。
６１８年～９０７年	唐王朝	李淵が隋を滅ぼして建国。詩の形式はほぼ固まる。それまでの時代の詩を「古体詩」、唐の時代からの詩を「近体詩」と言う。唐の時代の詩は、初唐、盛唐、中唐、晩唐の４つの時期に分けられる。
（６１８年～７１１年）		初唐 次の全盛期への橋渡し。近体詩が沈佺期・宋之問などにより完成。 代表的な詩人：王勃、楊炯、盧照鄰、駱賓王、沈佺期、宋之問、劉希夷、陳子昂など。
（７１２年～７６５年）		盛唐 玄宗皇帝の時代を中心にした約50年間。 代表的な詩人：李白、杜甫、王維、孟浩然、王翰、王之渙、王昌齢、岑参、常建、高適、賀知章など。
（７６６年～８２６年）		中唐 代表的な詩人：白居易、韓愈、柳宗元、賈島、張継、元稹、李賀など。
（８２７年～９０７年）		晩唐 代表的な詩人：杜牧、李商隠、温庭筠、高駢、于武陵、魚玄機など。
９０７年～９５９年	五代	詞が流盛。
９６０年～１２７９年	宋王朝	唐王朝滅亡後五代十国時代を経て、趙匡胤が建国。 代表的な詩人：梅尭臣、欧陽脩、王安石、蘇軾、黄庭堅、楊万里、陸游、范成大、朱熹、文天祥など。
１２７９年～１３６７年	元王朝	忽必烈が南宋を滅ぼし、中国を統一して元王朝を建てる。 文天祥が獄中で「生気の歌」を作る。
１３６８年～１６４４年	明王朝	朱元璋（太祖洪武帝）が宋王朝後の元王朝を滅ぼして建国。 代表的な詩人：高啓、袁宏道など。
１６４４年～１９１２年	清王朝	ヌルハチ（清王朝初代皇帝）によって１６１６年に清王朝の前身である後金国を満州に建国する、代表的な詩人：王漁洋、沈徳潜、袁枚など。

鑑賞のコツ 3

代表的な詩人を知りましょう

漢詩が表現する世界は、自然の風景や四季折々の様子や詩人が感じたこと、あるいは何かに感動したことや悲しいことといった喜怒哀楽、また、人生をテーマにしたものなど、詩人の数だけその世界があると言っても過言ではありません。言うならば、森羅万象がその対象となるのです。しかし、そこに詩人というフィルターを通して詩が表現されることになります。したがって、詩をじっくりと味わうためには、詩人自体の持ち味・特徴を押さえておくことも大切です。

ここでは、漢詩の世界で代表的な詩人（ただし、本書掲載の詩人のみ）の生い立ちや特徴を紹介いたします。

名前	生存した時期	生い立ち（略歴）	詩作の特徴	該当ページ
1 蘇頲［そてい］	670年〜727年	唐時代の政治家、詩人。雍州武功（陝西省）の人。字（あざな）は廷碩（ていせき）。工部侍郎、中書侍郎となり、716年には宰相となって玄宗皇帝を補佐し、賢宰相と謳われた。文章にすぐれていた。『蘇許公文集』（12巻）がある。	応制の詩が多いが、七言律詩の確立に寄与した。新しい感覚を詩に詠み込む。	P34
2 王之渙［おうしかん］	688年〜742年	盛唐の詩人。字は季陵（きりょう）。絳郡（こうぐん）（山西省）の人。冀州衡水県（きしゅうこうすいけん）（河北省）の主簿に就いたが、人間関係がうまくゆかずに辞職し、15年間無官で過ごし、晩年に文安県（河北省）の尉に就いた。官途にはめぐまれなかったが詩名は高く、王昌齢・高適と親交を結んだ。作品ができると音楽師がすぐに曲をつけたともいう。作品は現在6首のみ残る。	辺塞詩に優れる。	P37

名前	生存した時期	生い立ち（略歴）	詩作の特徴	該当ページ
3 王維［おうい］	699年～761年 ※生年については701年とする説がある。	盛唐の詩人。南宗画の祖。字は摩詰。太原（山西省）の人。子供の頃から聡明で、弟の縉と共に聡明をうたわれた。15歳で科挙の準備の為に都へ出た。画・書・楽にも優れた才能を発揮した。21歳で進士に及第し、官僚として働くとともに、都の南、藍田山の麓に別荘（輞川荘）を求め、半官半隠の生活をした。55歳の時、安禄山の乱に遭遇し、賊に捕えられて強制的に官職に就けられた。乱平定後に偽官の罪を得たが、天子を思う詩を作っていたことや弟の嘆願もあり、赦される。その後、尚書右丞まで進んだ。晩年は兄弟共に仏門に帰依する。『王右丞集』などがある。	六朝以来の華麗な作風もあるが、鋭敏な感受性によって自然詠に新境地を開いた。静謐な山水詩に優れ、「画中に詩あり詩中に画あり」と北宋の蘇軾に評された。仏教をあつく信仰し、「詩仏」と称される。	P40・43
4 杜甫［とほ］	712年～770年	盛唐の詩人。字は子美。襄陽（湖北省）の人。代々官吏の家に生まれる。祖父は初唐の詩人・杜審言。7歳の頃から詩を作り始めたという。20代から30代にかけて呉・越・斉・趙の間を遊歴し、この間に、李白・高適らと交わりを持った。何度か科挙を受験するが及第せず、長安で困窮生活を送った。44歳で下級官吏となるが、安禄山の乱に遭い、翌年賊軍に捕えられ長安に軟禁された。その後脱出して皇帝・粛宗に拝謁し左拾遺（天子の落ち度を諫める）として任官する。しかし、47歳の時、華州（陝西省）に左遷される。そこで大飢饉に遭い、官を捨て妻子を伴って流浪の旅に出る。48歳の時、成都（四川省）にたどりつき、翌49歳の時に浣花草堂を建てて54歳まで住んだ。その後、家族とともに成都を離れ、貧困と病苦に悩まされながら、旅の途中59歳で没した。杜甫はあらゆる詩形に通じ、古詩・律詩を得意とした。詩集に『杜工部集』がある。	社会の実相や自己の環境を熟視して詠う。誠実な人柄が詩にあふれ、堅実で繊細、写実に優れ、七言律詩を言語芸術にまで高めた。新しい詩材を詠い、後世の詩の新生面を開拓した。社会派詩人、詠史詩の創始者とも評され「詩聖」と呼ばれる。	P23・24・46・132
5 孟浩然［もうこうねん］	689年～740年	盛唐の詩人。字も浩然。襄陽（湖北省）の人。若い頃から各地を放浪し、王維・李白・張九齢らと親しく交際していた（李白「黄鶴楼送孟浩然之廣陵」P125）。仕官しようとするが、科挙に及第しないまま、740年、訪ねてきた王昌齢を歓待する中で、背中のできものが原因で体調を悪化させて52歳で亡くなった。自然を題材にした詩が評価されており、詩のなかに人生の愁いと超俗とを行き来する心情を詠み込んでいる。日本では五言絶句「春暁」（P49）が特に有名。詩の特徴から王維と孟浩然は「王孟」と並称された。『孟浩然集』がある。	自然描写に優れ、王維とともに「王孟」と称される。不遇感を詠うものと、隠者の超俗的な心境をうたうものと二つの傾向がみられる。平淡清雅の作風。	P49

6 蘇軾［そしょく］	1036年～1101年	北宋の詩人、政治家。字は子瞻。号は東坡。眉州眉山（四川省）の人。22歳の時、進士に弟と共に及第。直言をはばからぬ性格から、王安石の新法に批判的な意見を示したことで地方に左遷されたり、44歳、湖州（浙江省呉興県）の知事の時、朝廷の政治を誹謗した詩があるとして黄州（湖北省黄岡県）へ流罪となったりしている。その後も政局の変化に伴い都と地方を行き来した。なお、父の蘇洵、弟の蘇轍と共に散文の大家として知られ、三人とも唐宋八大家に数えられる。詩文集に『東坡七集』がある。	日常の平凡な事柄をも詩の題材とする新しい詩境を開く。擬人法や比喩、機知にとんだ作品、あるいは大胆な実験的な作品もある。いつも明るく前向きで、柔軟闊達であった。	P52・98
7 黄庭堅［こうていけん］	1045年～1105年	北宋の詩人・書家。江西詩派の祖。字は魯直。号は山谷道人、涪翁などがある。分寧（江西省）の人。23歳で進士に及第。国子監教授（今の国立大学の教授）、江西、山東の地方官をつとめ、41歳で秘書省に入って『神宗実録』の編纂にあたる。しかし、新法党に中傷され、以後地方を転々として最後は宜州（広西省）で61歳で没した。師の蘇軾とともに蘇黄と並称される。書は行書・草書にすぐれた。詩集に『山谷詩内集・外集・別集』がある。	詩句の選択と緻密な構成に特色がみられる。古人の詩句や詩境を活用する技法（「点鉄成金」「換骨奪胎」）を主張した。また杜甫に対する評価を確定した。	P55
8 杜牧［とぼく］	803年～852年	晩唐の詩人、文学者。字は牧之。京兆・万年（陝西省）の人。祖父・杜佑は宰相をつとめ、政治制度史『通典』の著者としても有名。26歳で進士に及第、さらに賢良方正科にも及第してエリート官僚としての第一歩を踏み出す。その後、33歳で観察御史に抜擢され、洛陽にてその任に就く。病気の弟の一家のために、収入の多い地方長官に転任することを願い出る。50歳の時、中央に戻って中書舎人に昇任したが、まもなく没した。死ぬ間際になってそれまでに作った詩文の大半を焼き捨てた。晩唐第一の詩人である。「小杜」と呼ばれる。詩集に『樊川詩集』（4巻）、別巻（1巻）、『外集』（1巻）、また『孫子』の注がある。	対象を見据える着眼力と詩を練り上げる造形力に優れ、軽妙洒脱でセンスのよさが光る。一生を通じて「経世」の志をいだき、古詩には時事に対する意見や主張を述べるものもある。	P58・70

名前	生存した時期	生い立ち（略歴）	詩作の特徴	該当ページ
9 李白［りはく］	701年～762年	盛唐の詩人。字は太白。蜀（四川省）の人。10歳の頃には、諸子百家を読み詩を作り始める。19歳の頃、任侠の仲間に入り、峨眉山にこもって隠者と生活を共にした。25歳の時に蜀を出る。なお、この頃に孟浩然と親交があったとされる。27歳の時に安陸（湖北省）で元宰相の孫娘と結婚。その後、山東に行き、徂徠山にて孔巣父らと会合し、酒をほしいままに飲む生活をし、「竹渓の六逸」と称された。42歳の時、宮中に召された。この時、彼の文を見た賀知章から「謫仙人」（この世に流された仙人）と称賛される。しかし、自由奔放な性格が宮廷生活に適せず、足かけ3年で職を辞し、ふたたび放浪の旅に出た。この時期に洛陽で杜甫と出会い、詩を賦し酒を飲み交友を深めた。安禄山の乱（755年）が勃発すると、玄宗の皇子・永王の軍に参加。永王の異母兄粛宗はこれを賊軍として追討し、李白は夜郎に流罪となった。しかし、その途上恩赦によって釈放された。晩年は当塗（安徽省）の遠縁に身をよせ、その地で62歳で病没した。	豪放磊落、自由奔放。明るく開放的で、幻想的で奇抜な発想に富む。楽府を独自の抒情によって洗練した、浪漫的な詩風。『詩経』大雅の正当な詩を継承しようという志もあった。道教・神仙にあこがれ「詩仙」と称される。	P8 21・61 64・67 86・92 95・107 110・122 125
10 劉禹錫［りゅうしゃく］	772年～842年	中唐の詩人。字は夢得。洛陽（河南省）の人。はじめ淮南節度使（安徽・江蘇省の地方長官）の幕僚となる。その後、中央政府の正規の官職である監察御史となり、柳宗元などと同じく当時革進派の政治家として権勢を誇った王叔文の一派に属した。しかし、805年、叔文は失脚し、禹錫は朗州（湖南省）司馬に左遷された。その後都へ召還されたが、そのとき作った詩をとがめられて再び連州（広東省）刺史に左遷され、57歳で都に戻って主客郎中となった。その後も中央と地方の諸官を歴任して71歳で没した。同時代の柳宗元とは無二の親友であり、白楽天、白居易とも親交があった。代表作に『劉賓客文集』（30巻）、『外集』（10巻）がある。	絶句に名作が多く、懐古の詩に名句が多い。人の気づかないことに目を注ぎ、印象的に詠う。民謡の手法や形式を取り入れ「竹枝詞」を作った。	P73

11 白居易［はくきょい］	772年～846年	中唐の詩人。字は楽天。太原（山西省）の人。29歳の時、最初の受験で進士に及第した。その後、37歳で、翰林学士、左拾遺などを歴任。40歳の時、母の死にあい、退いて喪に服したが、重ねて幼い娘を失った。ここに、儒教では解決しがたい死について思いをいたし、道教・仏教への関心を強めた。3年後、太子補導役として長安に復帰したが、815年、宰相・武元衡暗殺事件に関する上奏を越権行為として責められ、それを契機に、江州（江西省）の司馬に左遷された。その後、道教や仏教への関心をさらに深め、廬山において草庵を結んで隠棲生活を続けた。818年、47歳の時に忠州刺史を授けられ、太子の即位（第15代皇帝・穆宗）とともに、長安に召還されたが、高級官僚による激しい権力闘争が始まっていたため、これを避けて自ら求めて杭州刺史に出た。その後も長安に召還されたが、権力闘争がいよいよ厳しさを増すのに嫌気がさし、829年、58歳の時に洛陽への永住を決意した。晩年は詩と酒と琴を三友として「酔吟先生」と号し、悠々自適の生活を送った。詩文集に『白氏文集』（71巻）がある。	平易明快。詩ができると田舎の老婆に聞いてもらい、分からない所を改めたという。日本では「長恨歌」「琵琶行」などの感傷的な詩が好まれる。が白楽天自身は「風諭詩」を第一とする。「風諭詩」は少壮官僚の気概が詠われた力作が多い。「新楽府」を創始した。政界から少し距離を置いた「閑適」の詩も見るべきものが多い。	P76・136
12 司馬光［しばこう］	1019年～1085年	北宋の政治家、歴史家。字は君実。涑水（山西省）の人。20歳で進士に合格。地方官を歴任した後に中央に進出したが、神宗（第6代皇帝）の庇護の下で王安石が新法を断行したのに反対し、一時中央の政治から退いて、18年の歳月をかけて、中国の戦国時代から五代王朝までの1362年間の通史である『資治通鑑』の編集に専念した。次の皇帝・哲宗が即位するとその宰相となり、新法を廃して旧法に復して保守派の信望を集めたが、まもなく没した。死後、温国公に封ぜられたので司馬温公とも称される。なお、少年の時、大きな水甕に溺れた幼児をその甕を砕いて救出したエピソード「小児撃甕」の故事は、物よりも人命を尊重した彼の哲学を伝えるものとして有名である。代表作に『資治通鑑』をはじめ『温国文正公文集』『司馬温公詩話』などがある。	人や物をやさしく見つめ、風景描写のなかに自らの思いをひそかに詠う。	P79

名前	生存した時期	生い立ち（略歴）	詩作の特徴	該当ページ
13 王安石［おうあんせき］	1021年～1086年	北宋の政治家、文学者。字は介甫。江西臨川（江西省）の人。22歳で科挙に及第しながらも、自ら志願して地方回りの官僚を務めた。この時の農民生活の見聞が、その後の革新的な諸施策（新法）に生かされる。皇帝・神宗の時に宰相となり、新法を強行して急激な改革を図った。しかし、自分の才能を頼みにし、先輩・同輩の忠告を受け入れない態度に批判が集中し、結果的に失敗して引退した。以後は江寧府（南京）で余生をおくり、この地で没した。文章家としても著名で、唐と宋の名文家八人（唐宋八大家）の一人に数えられる。代表作に詩文集『臨川先生文集』（100巻）がある。	鋭敏な言語感覚によって、磨き抜かれた詩語を用いた。よく考え抜かれた構成に、典故がたくみに用いられた、知的な作風。	P82
14 子夜［しや］	生年未詳	六朝時代の頃の呉の歌妓で、その生年は未詳。彼女の作品として、『楽府詩集』に男女の間の情感を軽やかに歌い上げた「子夜四時歌」が残る。		P89
15 魚玄機［ぎょげんき］	843年～871年	晩唐の女流詩人。字は幼微、蕙蘭。長安（陝西省）の人。娼家（今の女郎屋）に生まれ、容色にすぐれ、高級官吏であった李億の愛人となったが本妻にねたまれて別れ、その後、道教の寺院に入って女道士となった。詩文を好み才能をうたわれ、道士となってからは温庭筠、李郢ら当時の長安の名士と盛んに交流する。痴情にからんで侍女を殺したため、死刑となった。詩集に『唐女郎魚玄機詩』（1巻）がある。	字句に凝った艶やかな詩「艶詩」が多い。多情多感な人で、情感の揺れが激しい。	P101
16 高適［こうせき］	702年頃～765年	盛唐の詩人。字は達夫。渤海（山東省）の人。若い頃は定職につかず侠客の徒と交わり、のちに李白や杜甫、岑参や王之渙などと交流した。40歳代で有道科に及第して役人になった。武将・哥舒翰（後の安禄山の乱の際の皇太子側の元帥）の秘書官を務め、安禄山の乱の際には賊軍討伐で功績を上げた。蜀州（四川省崇慶県）刺史、西川節度使となって蜀に赴任した時、杜甫と旧交を温め、援助する。後に都に帰り、刑部侍郎、左散騎常侍となった。詩集に『高常侍集』（8巻）がある。	豪壮にして沈痛、真に迫る詩もあれば、何気ない言葉を連ねて孤独と寂寥をしみじみと詠う詩もある。	P104

17 李華 ［りか］	715年～766年	盛唐の詩人・文学者。字は遐叔。賛皇（河北省）の人。21歳で進士に及第。監察御史に進んだが、権力をにぎっていた楊国忠に逆らって左遷された。安禄山の乱の時、叛乱軍の占領地帯にいた母を救い出そうとして捕らえられ、鳳閣舎人の職を与えられたため、乱の平定後に杭州司戸参軍に左遷された。この時、節義を穢したことを深く後悔し、その後に職を捨てて江南に引きこもり農耕に従事して没した。詩人・蕭穎士の親友で、漢・魏の散文に学んだ質朴な文体を試み、散文の名手として知られる。また、後の韓愈、柳宗元らの古文運動の先駆となった。代表作は『弔古戦場文』。	詠史、紀行の詩が多い。変わることのない自然描写の中に、移ろいやすい人間の寂しさや悲しさを詠う。	P 113
18 常建 ［じょうけん］	708年～765年	盛唐の詩人。字は未詳。長安（陝西省）の人。20歳の時、進士で盱眙（安徽省）の尉となったが、昇進が遅いのに不満を持ち、官を辞した。その後、太白山、紫閣峰などに放浪の日を過し、王昌齢らを招いて自由な隠遁生活を送った。琴と酒を友として詩作にふけった。風景詩にすぐれ、代表作に『常建詩集』（1巻）がある。	山水や寺観を多く題材とし、叙景に優れる。精密で巧み。	P 116
19 朱熹 ［しゅき］	1130年～1200年	南宋の思想家、哲学者、詩人。朱子学（宋学）の祖。字は元晦。婺源（江西省）の人。19歳の時、科挙に及第し、24歳で任官して福建省の同安県主簿（帳簿処理官）を4年間務めた。28歳で職を退き、その後20年余、官職につかずに学問研究に専念し、だいたい40歳のころにその思想の大綱が確立したと思われる。その後復権して49歳で江西省の南康軍知事、次いで浙江省で飢饉対策の任にあたり、61歳で福建省州知事、65歳で湖南省潭州知事兼荊湖南路安撫使を歴任した。そして、最後に、第4代皇帝・寧宗の時、中央に召され、煥章閣待制兼侍講（天子の顧問官）となるが、時の宰相から憎まれ、職を免ぜられた。しかも、朱熹の学問は偽学と認定され、著述は発禁の処分を受けるなど、非常な迫害を受けたがそれに屈せず、講学と著述のうちにその生涯を終えた。代表作に『朱文公文集』、『四書集註』などがある。	哲学上の主張を述べたり、学者の説教的な詩もあるが、純粋な詩心から詠う詩も多く、題材は多岐にわたり、豪快な詩やしみじみした詩もあり、手法は多様である。	P 119

鑑賞のコツ 4

漢詩の種類を確認しましょう ～詩形について（古体詩と近体詩）～

◇「古体詩」と「近体詩」

漢詩は、狭義には「漢の時代［紀元前206‐後220］の詩」を言いますが、本書では一般的な意味として、「中国の古典詩のすべて」をさします。

漢詩は、大きく「古体詩」と「近体詩」の二つに分けることができます。

近体詩は、唐時代［618‐907］に確立し、平仄や押韻の規則があり、字数・句数が一定です。一方の古体詩は、それ以前に作られ、韻は踏むが平仄の規則がなく、字数や句数が定まっていません。なお、唐時代以降も、古体詩は作られています。

◇形式による違い

本書では、私たちが一般的によく目にし、なじみやすい近体詩を紹介しています。

近体詩は一句の字数や句の数（形式）の違いにより、絶句、律詩、排律に分けられます。そしてそれらは一句の字数が五字であれば五言、同じく七字は七言、六字は六言となります。なお、絶句のみ六字（六言）があります。

絶句は四句、律詩は八句、排律は十句以上です。

詩形をまとめると、下図のようになります。

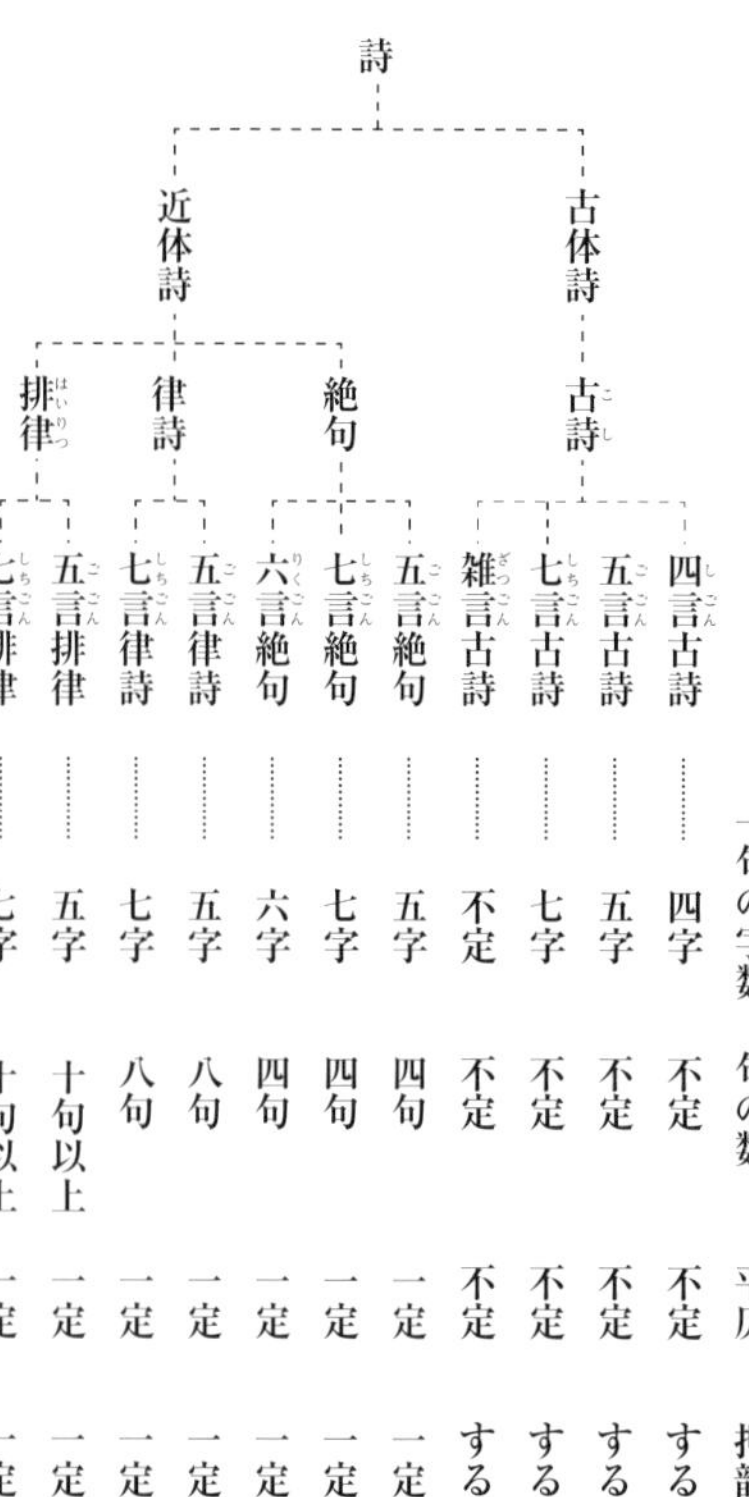

詩		詩形	一句の字数	句の数	平仄	押韻
古体詩	古詩	四言古詩	四字	不定	不定	する
古体詩	古詩	五言古詩	五字	不定	不定	する
古体詩	古詩	七言古詩	七字	不定	不定	する
古体詩	古詩	雑言古詩	不定	不定	不定	する
近体詩	絶句	五言絶句	五字	四句	一定	一定
近体詩	絶句	七言絶句	七字	四句	一定	一定
近体詩	絶句	六言絶句	六字	四句	一定	一定
近体詩	律詩	五言律詩	五字	八句	一定	一定
近体詩	律詩	七言律詩	七字	八句	一定	一定
近体詩	排律	五言排律	五字	十句以上	一定	一定
近体詩	排律	七言排律	七字	十句以上	一定	一定

出典：『はじめての漢詩創作』（鷲野正明著、白帝社）

鑑賞のコツ
5

近体詩・絶句の規則を確認しましょう

前項で近体詩には絶句、律詩、排律があることを述べましたが、本項では「絶句」の解説をいたします。なお排律は、五言・七言形式の句数を十句以上とした詩で、本書では詳細を省きます。

◇絶句

絶句は四句で構成され、第一句を起句、第二句を承句、第三句を転句、第四句を結句と呼びます。私たちが口にする「起承転結」という語は、この絶句に由来しています。

例詩　秋浦の歌　盛唐　李白

（起）白髪三千丈
（承）縁愁似箇長
（転）不知明鏡裏
（結）何處得秋霜

白髪三千丈
愁に縁りて　箇の似く長し
知らず明鏡の裏
何れの処にか　秋霜を得たる

大意

鏡に写し出されたわが姿を見ると、白髪は三千丈もあろうかと思われるほどに長い。つもりにつもった愁いのために、こんなにも長くのびたのだ。

澄んだ鏡の中に写るこの霜のような白髪は、いったいどこからやってきたのだろうか。

承句の「長」と結句の「霜」が同じ響きです。五言詩では、偶数の句の最後に同じ響きの語を用いて「押韻」します。漢字は一字一字に上がったり下がったりの「声調」があり、一定の平らな調子を「平声」、上る調子を「上声」、下がる調子を「去声」、つまる調子を「入声」と言います。四つの声調ですのでこれを「四声」と言います。この「四声」のうちの平らな声調を「平」、それ以外の声調を「仄」といいます。（P26参照）

この平と仄を○と●で表わすと、次のようになります。

	12345	12	345
（起）	白髪三千丈	●●	○○●
（承）	縁愁似箇長	○○	●●◎
（転）	不知明鏡裏	●○	○●●
（結）	何處得秋霜	○●	●○◎

※◎は押韻

さて、○●をよく見ると、二字目と四字目の○●は必ず逆になっています。これを「二四不同」と言います。

次に七言絶句の例を見て行きましょう。

例詩（七言絶句）

先に挙げた李白の「汪倫に贈る」を見てみましょう。読みと大意は8ページをご覧ください。

	1234567	12	34	567
（起）	李白乗舟将欲行	●●	○○	○●◎
（承）	忽聞岸上踏歌聲	●○	●●	●○◎
（転）	桃花潭水深千尺	○○	○●	○○●
（結）	不及汪倫送我情	●●	○○	●●◎

※◎は押韻

近体の七言詩は、二字目、四字目、六字目がポイントになります。各句の二字目、四字目、六字目を同様に○●で見ると、二字目と四字目の○●が逆になり、四字目と六字目の○●が逆になっていることが分かります。そして、二字目と六字目の○●は同じになっています。これを「二四不同・二六対」と言います。

押韻は、起句「行」・承句「声」・結句「情」です。日本語で発音するとちょっと違いますが、これについては後で触れます。

チェック❶ 五言絶句では、偶数の句の最後に押韻し、「二四不同」になっています。

チェック❷ 七言絶句では、第一句と偶数の句、つまり起・承・結のそれぞれの句末で押韻し、「二四不同・二六対」になっています。

鑑賞のコツ 6

近体詩・律詩の規則を確認しましょう

本項では「律詩」の解説をいたします。

◇律詩

律詩は、全八句で構成され、二句を1つにまとめて「聯（れん）」という単位で呼びます。第一・二句を首聯（しゅれん）、第三・四句を頷聯（がんれん）、第五・六句を頸聯（けいれん）、第七・八句を尾聯（びれん）と呼びます。なお、「首・頷・頸・尾」の聯は、それぞれ絶句の「起・承・転・結」の句に該当します。

例詩

春望（しゅんぼう）　盛唐　杜甫（とほ）（五言律詩）

（首聯）
國破山河在
城春草木深
（頷聯）
感時花濺涙
恨別鳥驚心
（頸聯）
烽火連三月
家書抵萬金
（尾聯）
白頭搔更短
渾欲不勝簪

国破れて（くにやぶれて）山河（さんが）在り
城春にして（しろはるにして）　草木（そうもく）深し
時に感じては（ときにかんじては）　花（はな）にも涙（なみだ）を濺（そそ）ぎ
別れを恨んでは（わかれをうらんでは）　鳥（とり）にも心（こころ）を驚（おどろ）かす
峰火（ほうか）　三月（さんがつ）に連（つら）なり
家書（かしょ）　萬金（ばんきん）に抵（あた）る
白頭（はくとう）搔（か）けば　更（さら）に短（みじ）かく
渾（すべ）て簪（しん）に勝（た）えざらんと欲（ほっ）す

大意

国都長安は破壊されたが、山や川は相変わらず元の姿のまま存在している。荒れ果てた街に春がきて、草や木が深く茂っている。

いまの時勢を思うと、美しい花を見ては涙が流れ、家族との別れを嘆いては、きれいな声で鳴く鳥の声にも心が乱される。

戦争は春三月になってもやむことなく、家族からの手紙は万金の価値があるほど、まったくこない。

白髪だらけの頭は、心労で搔けば搔くほど薄くなり、冠を止めるかんざしも挿せなくなりそうだ。

平仄は次のようになっています。

	12345	12345
（一）	國破山河在	●●○○●
（二）	城春草木深	○○●●◎
（三）	感時花濺涙	●○○●●
（四）	恨別鳥驚心	●●●○◎
	※第三・四句は必ず対句	
（五）	烽火連三月	○●○○●
（六）	家書抵萬金	○○●●◎
	※第五・六句は必ず対句	
（七）	白頭掻更短	●○○●●
（八）	渾欲不勝簪	●●●○◎

※◎は押韻

五言律詩も、平仄は五言絶句と同様に各句の二字目、四字目は「二四不同」になります。押韻は偶数句の句末でします。また、第三句と第四句、第五句と第六句は「対句」になっています。

次に七言律詩の例を見ていきましょう。

例詩 曲江 **杜甫**（七言律詩）

朝囘日日典春衣
毎日江頭盡醉歸
酒債尋常行處有
人生七十古來稀
穿花蛺蝶深深見
點水蜻蜓款款飛
傳語風光共流轉
暫時相賞莫相違

朝より回りて日日春衣を典し
毎日江頭に酔を尽して帰る
酒債は尋常行く処に有り
人生七十　古来稀なり
花を穿つの蛺蝶は深深として見え
水に点ずるの蜻蜓は款款として飛ぶ
伝語す風光共に流転して
暫時相賞して相違うこと莫かれと

大意

朝廷の仕事を終えると毎日春の衣服を質に入れ、曲江のほとりで酒を飲み、じゅうぶん酔ってから帰る。

酒の借金はいつも行くところ、どこにでもあるものだ。そんなことは大したことではない。それより、人生は短く、七十歳まで生きた人はめったにいないのだから、せめて生きている間、酒でも飲んで楽しもうではないか。

花の間に入って蜜を吸うアゲハチョウは、奥深いところに見え、水面にときおり尾をつけながら、トンボはゆるやかに飛ぶ。

風光に伝えよう、私とともに流れゆき、しばらくの間お互いにたたえあって、そむきあうことのないように、と。

七言律詩は一句が七言、八句でできています。平仄と押韻を見てみましょう。

	1234567	1	2	3	4	5	6	7
(一)	朝回日日典春衣	○	○	●	●	●	○	◎
(二)	毎日江頭盡醉歸	●	●	○	○	●	●	◎
(三)	酒債尋常行處有	●	●	○	○	○	●	●
(四)	人生七十古來稀	○	○	●	●	●	○	◎
(五)	穿花蛺蝶深深見	○	○	●	●	○	○	●
(六)	點水蜻蜓款款飛	●	●	○	○	●	●	◎
(七)	傳語風光共流轉	○	●	○	○	●	○	●
(八)	暫時相賞莫相違	●	○	○	●	●	○	◎

※◎は押韻

平仄は七言絶句と同様に、「二四不同・二六対」、また、第三句と第四句、第五句と第六句が「対句」になっています。

チェック❶ 五言律詩では、平仄は各句の二字目と四字目は反対の平仄になっています。これを「二四不同」と言います。押韻は偶数句の句末でします。また、第三句と第四句、第五句と第六句は「対句」になっています。

チェック❷ 七言律詩では、同様に「二四不同・二六対」、また、五言律詩と同様に第三句と第四句、第五句と第六句は「対句」になっています。

鑑賞のコツ 7

平仄の規則を確認しましょう

ここでは、平仄（ひょうそく）の規則について解説いたします。

前述の通り、漢字はもともと中国の文字で、日本語とは異なる独特な発音があります。そして、漢字は一字ごとに、中心の母音の個所が上ったり、下がったりする「声調（せいちょう）」があります。

声調は五世紀ころ、仏典を翻訳する過程で自覚され、四つに分類されました。それは、①平声（ひょうしょう）②上声（じょうしょう）③去声（きょしょう）④入声（にっしょう）で、これを「四声（しせい）」と言います。

この「四声」のうちの①平声を「平（ひょう）」、それ以外の②上声③去声④入声を「仄（そく）」と、二つに分け、この平と仄の2つの配合によって詩の規則が作られました。

もともと漢詩は、漢字の発音上の特色から音楽性がありましたが、四声の自覚によって音楽性のある理由が平仄・押韻であることが認識され、今度は音楽性のある詩を作るために平仄・押韻の規則が定められていったのです。

四声とそれぞれの音の特徴

平声（ひょうしょう）	低くて平らな調子。	平
上声（じょうしょう）	低音から高音へとのぼる調子。	仄
去声（きょしょう）	高音から低音へとさがる調子。	仄
入声（にっしょう）	つまる調子。	仄

チェック❶ 漢詩は、詩に心地よいリズムが生まれることを大切にしています。

チェック❷ 漢字はすべて「四声」に分類でき、さらに「平」と「仄」の二つによって詩の規則ができました。

鑑賞のコツ
8

句のリズムを理解しましょう

漢詩は、一句にただ五字・七字と漢字が並んでいるのではありません。

平仄の規則で、五言詩では二字目と四字目の平仄が変わります。また七言詩では二字目と四字目と六字目の平仄が互い違いに入れ替わります。つまりその平仄の変わる所でリズムが生まれる、ということです。簡単に言うと、五言詩では「二字・三字」、七言詩では「二字・二字・三字」のリズムで、意味的にも五言では「二・三」、七言では「二・二・三」となります。なお最後の「三」（下三字）の部分は、意味的に「一・二」または「二・一」のようになります。

先にあげた李白の「秋浦の歌」と「汪倫に贈る」で見てみましょう。

《五言絶句》

１　２　３　４　５

㈠白髪・三千・丈
㈡縁愁・似箇・長
㈢不知・明鏡・裏
㈣何處・得秋・霜

《七言絶句》

１　２　３　４　５　６　７

㈠李白・乗舟・将欲・行
㈡忽聞・岸上・踏歌・聲
㈢桃花・潭水・深千・尺
㈣不及・汪倫・送我・情

第二字、第四字、第六字のところで規則正しく平仄が変わることにより、一定のリズムが生まれます。また、二字・三字、二字・二字・三字で意味がまとまります。

鑑賞のコツ 9

「韻」を理解しましょう

「韻を踏む」あるいは「押韻」とは、「同じ響きの字を用いること」をいいます。漢詩は、近体詩に限らず、古体詩もすべて押韻されていました。

李白の「秋浦の歌」（五言絶句）には、二句目の末の「長」と四句目の末の「霜」が韻を踏んでいます。また、「汪倫に贈る」では一句目の「行」、二句目の「聲」、四句目の「情」が韻を踏んでいます。

《五言絶句》

（一）白髪三千丈
（二）縁愁似箇長
（三）不知明鏡裏
（四）何處得秋霜

《七言絶句》

（一）李白乘舟將欲行
（二）忽聞岸上踏歌聲
（三）桃花潭水深千尺
（四）不及汪倫送我情

では、なぜこれらの漢字が韻を踏んでいる、と言えるのでしょうか？

◇漢字のもともとの発音

漢字のもともとの発音はとても複雑です。たとえば李白の「李」は、日本語では「リ」と発音して、ローマ字で表すと「r+i」になります。中国語も「l+i」ですから、「李」は日本語の発音と同じように「子音+母音」であると、一応は思われますが、漢字がすべて「子音+母音」のようにはなりません。「声」という漢字はどうでしょうか。

日本語では「セイ」と発音します。ローマ字では「s+ei」となり「子音＋二重母音」になります。ところが現代中国語では「sh+eng」という発音です。いわゆる子音の部分は「sh」のように「子音」が二つあります。またいわゆる母音の部分は「eng」というように、母音だけではなく「ng」の子音が入っています。これだけでも十分発音が複雑であることがわかります。

中国では、日本語のように「子音＋母音」とは言えません。日本語の「子音」に当たる部分を中国では「声母」、日本語の「母音」に当たる部分を「韻母」と言います。漢詩で言う「韻」とは、この「韻母」のことです。

「韻母（韻）」は「李」のような単純なものから「声」のような複雑なものまであります。そこで同じ韻どうしで分類すると、これまた日本語の母音の五つとは桁違いに多くなります。漢詩で分類されている「韻母」は、現在では106です。漢詩で韻を踏む（押韻）というのは、分類されている「韻母（韻）」のなかの漢字（韻字）を、押韻すべきところで使うことを言います。原則、他の違う「韻母（韻）」の中の韻字を使うことはできません。響きが違うのですから、当然ですよね。今日も漢詩を作る場合は、六朝時代から宋代にかけて分類された韻の体系にしたがっています。日本語で発音しても、現代中国語で発音しても、同じ響きにならないものが多々ありますが、これは時代の推移によって発音が変わったからで、致し方ないことです。李白の「汪倫に贈る」の韻字「行」「声」「情」が、日本語でも現代中国語でも違っているのは、そのためです。

◇詩型による押韻の違い

押韻は、五言絶句の場合は、二・四句（一句目に踏むこともある）、七言絶句の場合は、一・二・四句（一句目は踏まないこともある〈このことを「踏み落とし」といいます〉）となります。

律詩の場合も、前半四句は絶句と同じ踏みかたで、後半は、六・八、と踏みます。

つまり、五言律詩は、二・四・六・八句（一句目に踏むこともある）、七言律詩は、一・二・四・六・八句（一句目は踏まないこともある）、となります。

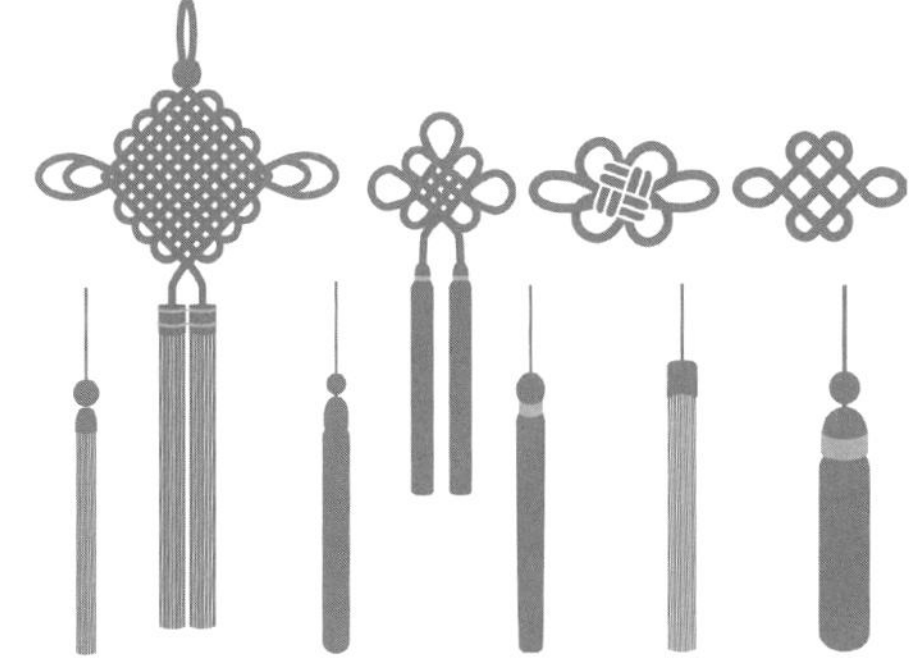

鑑賞のコツ 10

漢詩に使われることばについて理解しましょう

漢詩を構成している一語一語の「ことば」は、その詩の意味を理解したり、詩情を味わったりする上で最も大切な要素です。しかしそのことばは、読めばその字面からすぐに理解できるものもあれば、特定の意味やイメージが付加されているものや、本来の意味とは違う意味で用いられることもあります。

そうしたことばにまつわる事情を知っておかないと、漢詩全体の意味や詩情、そこに描かれている世界観が理解できなかったり、間違った解釈をしてしまうことになるでしょう。

そこで本項では、詩における「ことば」を理解していただくために、①人を表わすことば、②特定の事物を表わすことば、③何かを象徴することば、④音の連想によって別の意味を暗示することば、⑤一語に多くの意味が含まれることばなど代表的な例を紹介いたします。

①人を表わすことばの例

漢詩のことば／元の意味	表わされる人
布衣（ふい）／布製の着物	官位のない人。平民
黒頭（こくとう）／髪の毛の黒い頭	青年
紅顔（こうがん）／紅い顔	少年または美人
東宮（とうぐう）／皇太子の御殿	皇太子
平康（へいこう）／唐の長安の花柳街の名	遊郭（ゆうかく）。妓女（ぎじょ）
鴛鴦（えんおう）／オシドリ	夫婦
蛾眉（がび）／ガの触覚	三ヶ月眉。美女
草色（そうしょく）／若草の色	つまらぬ人間。小人（しょうじん）

②特定の事物を表わすことばの例

漢詩のことば／元の意味	表わされる事物
杜康／はじめて酒を造ったという伝説の人の名前	酒
金烏、金鴉／カラス	太陽
馬乳／馬の乳	ブドウ
朱紫／朱色と紫色	高位高官
丹赤／朱色と赤色	心
窮碧／とても碧い	空
七弦／七本の弦	琴

③何かを象徴することばの例

漢詩のことば	表わされる事象
春草	別離
香草（蘭などの）	高潔。節操
竹	高雅。風流
柳、楊柳	別れ
鶏、犬	平和な村里
雁、鯉	手紙
朝雲、楚雲	男女の色恋
浮雲	はかなさ
不如帰、子規、杜宇、杜魄、蜀魂、思帰鳥、望帝、杜鵑、など（ホトトギスのこと）	望郷

④音の連想によって別の意味を暗示することばの例

漢詩のことば	暗示する語と意味
蓮(れん)	憐(れん)＝いとおしむ、愛する ↓恋愛を暗示
採蓮	恋人を探す
魚	恋人
糸(し)	思(し)↓恋の思いを暗示
晴(せい)	情(せい)↓愛情や恋心を暗示

⑤一語に多くの意味が含まれることばの例

漢詩のことば	含まれる意味
重	・重い　（発音はジュウ） ・重なる　（発音はチョウ）
遠	・距離の遠さ ・時間の遠さ ・精神的な遠さ ・奥深さ

⑥その他

数量によって事物を表わすことばの例

漢詩のことば	表わされる事物
三尺(さんじゃく)	剣
五尺(ごじゃく)	児童
方寸(ほうすん)（一寸四方）	心

分解した文字によってその事物を表わすことばの例

漢詩のことば	表わされる事物
丘八(きゅうはち)	兵
十八公(じゅうはちこう)	松

出典：『はじめての漢詩創作』（鷲野正明著、白帝社）、ほか

第2章

漢詩がきちんとわかるコツ その1

自然風景・四季・旅情詩編

旅のわびしさを詠う詩を鑑賞する

汾上驚秋／汾上にて秋に驚く

蘇廷

例句 ■は押韻

北風吹白雲
萬里渡河汾
心緒逢搖落
秋聲不可聞

北風白雲を吹く
万里河汾を渡る
心緒揺落に逢い
秋声聞くべからず

詩形

五言絶句

大意

北風が白い雲を吹き飛ばしていく。

私は万里の旅の途中で、今、汾河を渡るところだ。

辺りを見ると、草や木の葉が震えながら散ってゆき、私の心も震える。

旅は、ただでさえ物悲しくわびしいものなのに、この秋のわびしい音を、私は平静な気持ちで聞くことはできない。

言葉の意味

汾上：汾河のほとり。汾河は山西（さんせい）省（しょう）を流れて黄河にそそぐ川。

河汾：汾河と同じ意味。

心緒：心の糸。心の動き。

揺落：草木の葉などがゆれ落ちること。

秋声：風や落ち葉、虫の音など、秋を感じさせるさびしい音。

鑑賞のポイント1

題名の「汾上驚秋」（汾上秋に驚く）という表現から、作者・蘇廷が旅の途中で、いつの間にか秋がやってきていたことに、動揺していることが感じられます。

鑑賞のポイント2

漢詩には完全なオリジナル作品と過去の有名な詩を念頭に置いてつくられた作品があり、本詩は、武帝の「秋風の辞」を念頭につくられた詩です。

鑑賞のポイント3

「心緒」という言葉から、作者が鋭敏な感性の持ち主であることがわかります。「緒」は糸の端です。心からその緒が出ていて、それで物事を鋭敏に感じとることができるのです。

「秋」と漢詩

古代中国では立秋（太陽の黄経が135°になる日／陰暦6月後半から7月前半のどこか／太陽暦の8月7日か8日ころ）から立冬（同225°になる日／陰暦9月15日～10月15日のどこか／太陽暦の11月7～8日ころ）の前日までを秋と呼びました。

『楚辞』の「九弁」（作者：宋玉／中国・戦国時代末の文学者）に「悲しいかな、秋の気たるや。蕭瑟として草木揺落して変衰す」と詠われて以来、秋は悲しいもの（悲秋）とされてきました。そして『淮南子』に「春の女は思い、秋の士は悲しむ」というように、秋には「物思い」「愁い」「感傷の心」なども起こりました。

一方では「紅葉」や「月」などが縁語として用いられ、風流や自然美などが「秋」のモチーフとして詠われます。

本書では、秋にちなむ詩として本詩の他に「峨眉山月歌」（李白）（Ｐ64）、「秋思」（劉禹錫）（Ｐ73）、「暮立」（白居易）（Ｐ76）、「中秋月」（蘇軾）（Ｐ98）、などを紹介しています。

きちんとわかるコツ その1
12

黄河一帯の雄大な景色を詠う詩を鑑賞する

登鸛鵲楼／鸛鵲楼（かんじゃくろう）に登（のぼ）る

王之渙（おうしかん）

例句　■は押韻

白日依山盡
黄河入海**流**
欲窮千里目
更上一層**樓**

白日（はくじつ）山（やま）に依（よ）りて尽（つ）き
黄河（こうが）海（うみ）に入（い）って流（なが）る
千里（せんり）の目（め）を窮（きわ）めんと欲（ほっ）し
更（さら）に上（のぼ）る一層（いっそう）の楼（ろう）

詩形

五言絶句

大意

鸛鵲楼にのぼると、今まさに太陽が山の稜線に沿いながら沈んでいく。

眼下には、滔々（とうとう）たる黄河が大海原へと向かって流れていく。

この素晴らしい眺望を、もっと遠く千里のかなたまで眺めようと、もう一階上に上がった。

言葉の意味

鸛鵲楼：山西省永済県、黄河を見下ろす位置にあった三層の楼閣。鸛鵲はコウノトリ・カササギ。この場所付近で北から流れてきた黄河が東へと向きを変える。

白日：太陽。

依山尽（やまによりてつき）：山に沿いながら日が沈んでゆく。

黄河：単に「河」とも言う。青海省に発し、山西・河南・山東を通って渤海に注ぐ。全長約5464㎞で、中国では長江（揚子江）に次いで2番目に長い。

入海流（うみにいってながる）：この楼からは海は見えないが、とうとうと海に流れる様を表している。

千里目（せんりのめ）：はるか遠くまでを見渡せる眺望。

一層楼（いっそうのろう）：「層」は階のことで、楼の一階上のこと。

鮮やかな色がこの句に盛り込まれています。
第一句では、落日の赤い太陽と暗くなって黒々とした山の光景です。また、前半二句では、「白日」と「黄河」の白と黄が対比されています。

とうとうと遠くの海に流れ込んでいく黄河の様子は、黄河の力強さを感じさせます。また、はるか遠くを眺望したいという気持ちで使った「千里目」（千里先を見渡す目）という表現にも、作者の気迫や力強さを感じさせます。

鑑賞のポイント 3

後半の二句には、転句に「一」、結句に「千」を使って、数字を対比しています。「千」がより強調されるように、その雄大な眺望を楽しむ作者の気持ちが表現されています。

「楼」と漢詩

「楼」もしくは「楼閣」は、高殿（たかどの）のことを言います。漢詩によく使われる「楼」がつく言葉としては、高殿の影を表わす「楼影（ろうえい）」、高殿の一角を表わす「楼角（ろうかく）」、さらに高い建物に住むことを「楼居（ろうきょ）」と言います。

また、風流を示す言葉として楼閣の上の月を「楼月（ろうげつ）」、楼上の雪を「楼雪（ろうせつ）」と言います、その他に楼がつく言葉としては、やぐらのある船を「楼船（ろうせん）」、屋根のないものみやぐらを「楼櫓（ろうろ）」といったように、「やぐら」の意味でも使われます。

なお、漢詩の中では、本詩の、黄河に面した三層の高殿「鸛鵲楼」（P37）や、武漢市武昌区にかつて存在した楼閣「黄鶴楼（こうかくろう）」（P125）が特に有名です。ただし、「芙蓉楼（ふようろう）にて辛漸（しんぜん）を送る」（王昌齢（おうしょうれい））の「芙蓉楼（ふようろう）」は旅館の名前として出てきます。

きちんとわかるコツ その1
13

人里離れた山中の静寂と夕方の趣を詠う詩を鑑賞する

鹿柴／鹿柴(ろくさい)　**王維(おうい)**

例句　■は押韻

空山不見人
但聞人語**響**
返景入深林
復照青苔**上**

空山(くうざん)人(ひと)を見(み)ず
但(た)だ人語(じんご)の響(ひびき)を聞(き)くのみ
返景(へんけい)深林(しんりん)に入(い)り
復(ま)た照(て)らす青苔(せいたい)の上(うえ)

詩形

五言絶句

大意

人の姿が見えない静かな山。ただ人の声だけが時折どこからともなく聞こえてくる。夕陽の光が深い林の中に差し込むと、木々の根元の青々とした苔が照らし出される。

言葉の意味

鹿柴：鹿を囲うための柴の柵。
空山：人気(ひとけ)のない山。
返景：夕陽の光。

鑑賞のポイント 1

前半二句のモチーフはまさに「静寂」。かすかな音があると、いっそう静けさが増します。そこで詩の中では敢えて「聞人語響（じんごのひびきをきく）」と、そのかすかな音を表現して静寂を強調します。

鑑賞のポイント 2

後半二句は深い林に夕日が差し込み照らすことで浮き出す苔の色を詠んでいます。
夕日が低い位置から深い林を斜めに照らすことによって、真上から日が差す昼間には味わえない、青々と蒸している苔が浮かび上がります。

鑑賞のポイント 3

この詩は作者の別荘地の景色を詠っています。自適な生活の中に深い味わいを求めて止まない作者の心が感じられます。

「鹿柴」誕生の背景

本詩は、王維の代表作の一つで、官僚になったとき、役人生活の俗な心を休めるため、長安の東南、藍田県の藍田山のふもとに別荘を求めました。それはかつて初唐の詩人宋之問が所有していた広大な土地で、そこに別荘を建て、その土地にちなんで「輞川荘」と名づけました。

本詩は、そこで詠んだ連作（『輞川集』P45）のうちの一つです。王維はここで気のおけない友人たちと閑適の暮らしを楽しみました（このような生活を「半官半隠」（半分官吏で半分隠者）と言います）。

きちんとわかるコツ その1
14

早春の山中にひっそりと咲くコブシの花を詠う詩を鑑賞する

辛夷塢／辛夷塢（しんいお）

王維

例句　■は押韻

木末芙蓉花
山中發紅**萼**
澗戸寂無人
紛紛開且**落**

木末（ぼくまつ）芙蓉（ふよう）の花（はな）
山中（さんちゅう）紅萼（こうがく）を発（ひら）く
澗戸（かんこ）寂（せき）として人（ひと）無（な）し
紛紛（ふんぷん）として開（ひら）き且（か）つ落（お）つ

詩形

五言絶句

大意

木末（こずえ）に咲いた蓮の花のように、コブシが山の中で赤い花をつけた。
谷川ぞいの家は静まり返って人の気配はない。
コブシの花は、人知れず咲いては、またハラハラと散り続ける。

言葉の意味

辛夷塢：コブシが植えられている土手。辛夷はコブシもしくはモクレンのことを言う（ここでは「コブシ」とする）。塢は土手。

木末芙蓉花（ぼくまつふようのはな）：木末はこずえ。芙蓉の花は、蓮（ハス）の花。

紅蕚：赤い花。

澗戸：谷川沿いの家。

紛紛：多くのものが入り乱れる様子。

鑑賞のポイント 1

起句は『楚辞』の「九歌」「湘君」の「芙蓉を木末に搴る」（蓮の花を木梢にとるよう）とあるのを踏まえています。『楚辞』の句意は、湘君を得るのは、水に咲く蓮を木の梢にとるように、不可能なこと、といった意味で言っています。本詩では、この世の物とは思えないほど美しい、といった意味合い。

鑑賞のポイント 2

「澗戸寂として」と、あえて「澗戸」（谷川沿いの家）という言葉を用い、せせらぎの音を連想させ、より深い静けさを印象づけます。

鑑賞のポイント 3

「紛紛として開き且つ落つ」と、結句に「動」（動きのある情景）を強調することで、転句の「静」との対比が楽しめます。印象深い情景です。

豆知識 『輞川集』

『輞川集』は、親友の裴迪（はいてき）と唱和した詩をまとめた作品集です。「輞川二十景」と呼ばれる20の「名所」をそれぞれ20首づつ唱和した詩がおさめられています。本詩はその中の一首です。輞川集のテーマは、一貫して清浄に対する憧憬と幽遠の趣です。

春の日の中に安らぎ楽しむ気持ちを詠う詩を鑑賞する

絶句／絶句(ぜっく)

杜甫(とほ)

例句 ■は押韻

遅日江山麗
春風花草香
泥融飛燕子
沙暖睡鴛鴦

遅日(ちじつ)江山(こうざん)麗(うる)わしく
春風(しゅんぷう)花草(かそう)香(かんば)し
泥(どろ)融(と)けて燕子(えんし)飛(と)び
沙(すな)暖(あたた)かにして鴛鴦(えんおう)睡(ねむ)る

詩形

五言絶句

大意

暮れるのが遅い春の日、川も山も麗しく、

春の風が草花の香りを運んでくる。

凍っていた泥が融けたので燕が巣作りのために飛び交い、

川べりの砂も暖かくなったのでおしどりがその上で眠っている。

言葉の意味

遅日：暮れるのが遅い春の日のこと。

江山：「江」は成都（四川省）を流れる錦江をさす。この場合は「川も山も」の意。

燕子：つばめ。

鴛鴦：おしどり。

鑑賞のポイント1

二首連作の一首目で、全体的に春を写実的に、ありのままにとらえて詠んでいます。前半の二句が対句、後半の二句も対句の、「全対格」の詩です。

これまで見てきた詩では、蘇頲の「汾上驚秋」は前半の二句が対句の「前対格」、王之渙「登鸛鵲楼」は全対格です。

鑑賞のポイント2

前半の二句は、川や山、春風を感じたたまに詠み込むことで、目の前に春の景色が広がります。日が長くなり、風も穏やかな、春です。

鑑賞のポイント3

後半の二句は、つばめやおしどりといった動物のありのままの姿を詠っています。

春の中に安らぎを感じ、心静かに楽しんでいる様子がうかがえます。

豆知識　「絶句」（杜甫）誕生の背景

764年、杜甫53歳の作です。続く二首目は次のように詠います。

江碧鳥逾白／山青花欲然／今春看又過／何日是帰年

（江碧にして　鳥逾白く／山青くして　花然えんと欲す／今春看す又過ぐ／何れの日か是れ帰年ならん）

大意：河は深緑に輝いて鳥の白さがいっそう引き立ち、山の青さに映えて花は燃えるように赤い。今年の春も見るみるうちに過ぎてしまった。ああ、いつになったら故郷に戻れるときが来るのだろうか。

この詩は、杜甫が戦乱と飢餓を避けて蜀の成都（四川省）郊外に家族とともに定住していたときに詠みました。755年～763年までの8年間にわたった安禄山の乱は終結しますが、まだ故郷の長安では大小の争乱があり、そこに戻るというわけにはいきませんでした。

第一首では、春のうららかさの中で、平和で穏やかな心情が詠われます。しかし二首目には、「ああ故郷に帰りたい」という忸怩たる思いが詠われます。故郷（長安）に帰り、世の中をよくするため皇帝を補佐したいという、かねてからの希望がなかなか遂げられないからです。

きちんとわかるコツ その1 16

春の明け方の心地よい眠りと落花を惜しむ気持ちを詠う詩を鑑賞する

春暁／春暁（しゅんぎょう）

孟浩然（もうこうねん）

例句　■は押韻

春眠不覺**曉**
處處聞啼**鳥**
夜來風雨聲
花落知多**少**

春眠（しゅんみん）暁（あかつき）を覚（おぼ）えず
処処（しょしょ）啼鳥（ていちょう）を聞（き）く
夜来（やらい）風雨（ふうう）の声（こえ）
花（はな）落（お）つること知（し）る多少（たしょう）

詩形

五言絶句

大意

春の眠りは心地よく、夜が明けたのにも気づかずに寝ていた。

外のあちらこちらから鳥の鳴く声が聞こえてくる。

そういえば、昨晩はずっと風雨の音がしていたけれど、

花はどれほど散ったことやら。

言葉の意味

春眠：春の眠り。

不覚暁：夜が明けたことに気づかない。

処処：そこかしこ。いたる処(とこ)。

啼鳥：鳥の鳴く声。

夜来：昨夜。

知多少：どれほどあるか知らない。言外に、多いだろう、という意を含む。

鑑賞のポイント1

起句では、朝になったのにも気づかずに、うとうと寝ている春の眠りの心地よさを詠っています。役人生活をしていたら日の出前から役所に行かないといけませんから、隠遁生活をしていたことが分かります。

鑑賞のポイント2

承句では、春の実際の情景を描いています。鳥の声があちらでもこちらでも聞こえる、と。もう朝になって鳥が啼いているのに、夜が明けたことも知らなかったなあ、と前の句を補います。

鑑賞のポイント3

転句、結句では一転して昨晩の風雨を回想します。明るい感じが一転します。「どれほど落ちているかわからない」という表現の裏には、「さぞかしたくさん落ちてしまっていることだろうなぁ」という残念な気持ちを詠んでいます。

「春暁」への別の見方、解釈

詩のテーマは後半だけを読むと落花を惜しむ「惜春」ですが、実はそれだけではありません。当時の詩人の多くは官僚で、宮仕えの身ですから、朝は暗いうちに宮中に参内（さんだい）しなければなりませんでしたが、この詩を詠んだ孟浩然は、科挙（かきょ）（旧中国で行われていた官吏登用のための資格試験）に落ち、しばらくの間（40歳前後まで）各地を放浪したり、隠棲の生活を送っていたりした、言わば「高士（こうし）」（世俗を離れて生活している高潔な人物のこと）でした。それゆえこの詩は、世俗とは異なる別世界に生きる高士の世界を詠じたもの、とも解釈できます。

きちんとわかるコツ その1
17

春の夜がいかに価値があるかを詠う詩を鑑賞する

春夜／春夜（しゅんや）

蘇軾（そしょく）

例句　■は押韻

春宵一刻直千金
花有清香月有陰
歌管樓臺聲細細
鞦韆院落夜沈沈

春宵一刻（しゅんしょういっこく）　直千金（あたいせんきん）
花に清香有り（はなにせいこうあり）　月に陰有り（つきにかげあり）
歌管楼台（かかんろうだい）　声細細（こえさいさい）
鞦韆院落（しゅうせんいんらく）　夜沈沈（よるちんちん）

詩形　七言絶句

大意

春の夜のひとときは、千金の値打ちがある。

花は清らかに香り、月はおぼろである。

高殿の歌声や笛の音はだんだん弱くなり、

中庭のブランコは乗る人もなくひっそり垂れ、夜が深々とふけていく。

言葉の意味

春宵：春の夜。

一刻：ごくわずかな時間。

千金：非常に価値が高いこと。

陰：月に雲がかかっている状態を言う。おぼろの月。なお、月が明るく輝いている状態を指しているという説もある。ここでは前者を取る。

歌管：歌声や笛の音。

楼台：高く盛った土台の上に建てた二階以上の建物。高殿。

細細：か細いさま。

鞦韆：ブランコ。

院落：中庭。広い屋敷の中の庭。

沈沈：夜が深々と更けていくさま。日本の生活習慣上から「しんしん」と読むこともある。

鑑賞のポイント1

「春宵」「一刻」「千金」「清香」「歌管」「楼台」「細細」「鞦韆」「院落」「沈沈」と、二字熟語が並ぶリズムの快さを味わいたい詩です。

鑑賞のポイント2

中国・唐代の初めの類書（百科事典）『芸文類聚』の中に「一笑千金」という表現があります。この詩でも、もともとお金では買えないものをお金に換算して「一刻直千金」と言います。杜甫の「春望」、五言律詩の第五・六句目に「烽火三月に連なり、家書万金に抵る」、「戦いののろしは三か月も続いている、家族からの手紙はなかなか来ないので、万金に値するほど貴重だ」と、手紙をお金に換算する表現があります。

鑑賞のポイント3

後半の、歌声や笛の音がだんだん弱くなり、ブランコがひっそり垂れている、というのは、作者の「もったいない」という気持ちが詠われています。花のよい香りがし、月がおぼろな春の夜を、どうして楽しくあそばないのか、と。春の夜の一刻は千金にもあたいするほど貴重なのです。

芸文類聚

欧陽詢［557-641］、令狐徳棻［583-666］らが、高祖（唐朝の創立者で初代皇帝［在位618-626］、姓名は李淵）の命を受けて624年に編纂した類書（百科事典）100巻。

内容は、北斉（550-577年まで存続した中国の王朝のこと。斉とも言う。政情不安定のために短期間で滅びた）で編纂された類書『修文殿御覧』に依拠し、天、地から帝王、人、万物にわたる45の部ごとに重要な事項を掲げて、それに関連する詩文などを明示したものとされています。

きちんとわかるコツ その1
18

南楼から見渡す景色の素晴らしさを詠う詩を鑑賞する

鄂州南樓書事／鄂州の南楼にて事を書す

黄庭堅

例句 ■は押韻

四顧山光接水**光**
凭欄十里芰荷**香**
清風明月無人管
併作南樓一味**涼**

四顧すれば　山光　水光に接し
欄に凭れば　十里　芰荷香し
清風　明月　人の管する無く
併せて作す　南楼　一味の涼

詩形

七言絶句

大意

四方を見渡すと、山は光を浴びて水面の輝きと一体となり、欄干にもたれていると、十里かなたのヒシやハスの花の香りが漂ってくる。

この清らかな風と月は誰からも支配を受けず、すべてが一つになってこの南楼をひたすらに涼しくしてくれる。

言葉の意味

鄂州：湖北省武漢市。
書事（ことをしょす）：事柄の感慨を書きしるすの意。
四顧：四方を見渡すこと。
山光：光を浴びて明るく輝く山。
水光：明るく輝く水面。
芰荷：ヒシやハス。
南楼：南の高殿（たかどの）。
一味涼（いちみのりょう）：いちずな涼しさ。一様な涼しさ。

鑑賞のポイント1

起句の「山光」と「水光」の言葉の対比の美しさや、この言葉によって想起される景色の美しさが味わえます。

鑑賞のポイント2

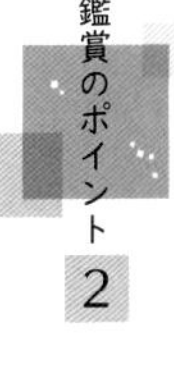

起句では眼に見える景色の素晴らしさをたたえ、承句では「香り」という鼻で感じる素晴らしさを詠います。視覚と嗅覚に訴えることで、作者の感動がより強く感じられます。

鑑賞のポイント3

起句の「山光」「水光」は月によって明るく照らされたものです。そこで転句では「明月」と言い、また承句の芰荷の香が十里のかなたから漂ってくるのは風があるからで、そこで「清風」と言います。さらに月も風も、「人が管理していない」と言います。その月や風や香りによって、南楼がいちずに、ひたすらに涼しいと結びます。言葉がすべて繋がり、一夜の情趣を醸し出していることを感じ取りましょう。

豆知識

「ハス」と漢詩

夏に咲くハスの花は、漢詩でよく出てきます。漢字では「荷」「蓮荷」「芙蓉」「芙蕖」などと表記されます。ハスは紀元前の『詩経』や『楚辞』にすでに詠われていました。また、ハスは時代によってさまざまなイメージが付与されました。

たとえば、六朝時代（222-589）には、「芙蕖」を「女神」にたとえ、神秘の霊性を備えた美の象徴、あるいは、妖艶な美女のイメージが付与されました。また、宋代（960-1279）になると、周敦頤が「愛蓮説（愛蓮の説）」という文章の一節に、「予独り蓮の汚泥より出でて染まらず、清漣に濯われて妖ならず、中通じ外直く、蔓あらず枝あらず、香り遠くして益ます清く、亭亭として清く植ち、遠観すべくして褻翫すべからざるを愛す」（大意：私だけは、ハスが泥の中から咲き出ても汚い泥に染まらず、清らかなさざなみに濯われても、媚びるような妖しさはなく、茎の中は空洞で穴が通っていて、外形は真っ直ぐで、むやみにはびこる蔓や枝もなく、その香りは遠ざかるにつれてますます清々しく、姿がすっきりと立っていて、遠くからそれを眺めることはできるが、なれなれしくすることができないのを愛している）と蓮を絶賛しました。こうしてハスに、さらに清らかな士人のイメージが付与されたのです。

山を歩いて紅葉を愛でる詩を味わい鑑賞する

山行／山行（さんこう）　杜牧（とぼく）

例句　■は押韻

遠上寒山石徑**斜**
白雲生處有人**家**
停車坐愛楓林晩
霜葉紅於二月**花**

遠（とお）く寒山（かんざん）に上（のぼ）れば石径斜（せっけいなな）めなり
白雲生（はくうんしょう）ずる処（ところ）　人家（じんか）有（あ）り
車（くるま）を停（とど）めて坐（そぞろ）に愛（あい）す楓林（ふうりん）の晩（くれ）
霜葉（そうよう）は二月（にがつ）の花（はな）よりも紅（くれない）なり

詩形

七言絶句

大意

もの寂しい山をはるばると登ると、石ころの多い斜めの小道が続いている。はるか先の峰には白雲が湧き、黒い点のように人家が見える。

車を止めさせ、なんとはなしに夕暮れの楓の林の景色を眺めると、なんと目に飛び込んできたのは、霜のために紅く色づいた楓の葉で、春二月に咲く花よりも一層赤く輝いている。

言葉の意味

山行：山歩き。

寒山：晩秋の寂しげな山。

石径：石の多い小道。

白雲：白い雲。隠者の世界をイメージさせる。

車：人力による手押し車。

坐：気の向くままに。なんとはなしに。

愛：愛でる。鑑賞する。

楓林：楓（カエデ）の林。

霜葉：霜によって紅く色づいた葉。

二月花：二月は旧暦の二月。現在の３～４月。花は桃の花と考えられている。

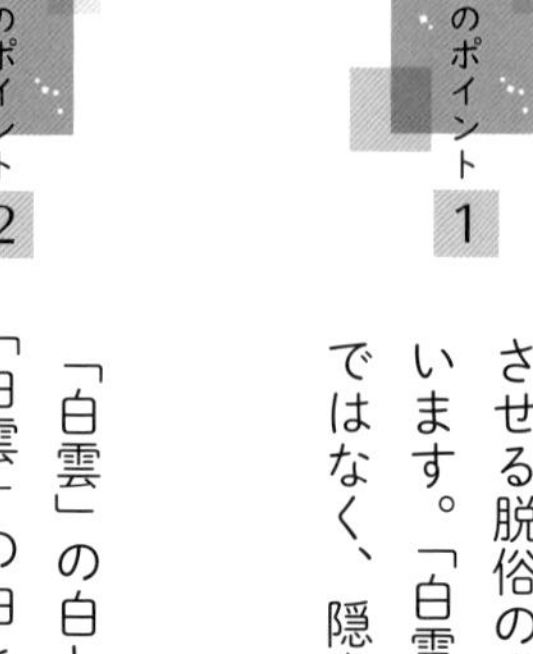

鑑賞のポイント 1

前半の二句（起句、承句）には、静かな山の雰囲気と、「白雲」という言葉がイメージさせる脱俗の世界（隠者の世界）が描かれています。「白雲」を使うことで、単なる「人家」ではなく、隠者が住む家を連想します。

鑑賞のポイント 2

「白雲」の白と「人家」の黒を対比させたり、「白雲」の白と結句「紅葉」の赤を対比させたりして、色彩による効果をあげています。

鑑賞のポイント 3

結句「霜葉紅於二月花」をじっくりと味わいたいものです。春に咲く花の赤さと夕日に照り映えるカエデの葉の赤さを対比して、かつてない意外性をここで示しています。春の花は生きいきして艶やかですが、紅葉はもう散るだけですから、紅葉をめでる習慣はなかったのです。その常識を覆したのです。

「雲」と漢詩

「雲」という言葉もよく詩に使われます。単語で使われるよりも熟語として使われることが多いようです。

たとえば、「雲雨（うんう）」とは、神女が朝雲暮雨となって現われることから、「男女の情」を言います。「雲臥（うんが）」は、雲中に横になる（寝る）ことから、「俗外の生活」を意味します。「雲漢（うんかん）」は、天漢や銀漢と同じ意味で、天の川、銀河を意味します。

仙人のことを「雲客（うんきゃく・うんかく）」といい、「白雲」は俗世間を離れた高雅な境地、隠者の世界を示す言葉として使われています。その他には、「雲際（うんさい）」は雲のあたり、「雲水（うんすい）」は 雲と水。また、禅宗の行脚僧（「雲僧」とも言う）を言います。「雲路」は、雲の流れる高所にあることから、出世のことを意味します。

廬山の滝の素晴らしさを詠う詩を鑑賞する

望廬山瀑布／廬山の瀑布を望む

李白

例句　■は押韻

日照香爐生紫**烟**
遙看瀑布挂長**川**
飛流直下三千尺
疑是銀河落九**天**

日は香炉を照らして紫烟を生ず
遥かに看る瀑布の長川を挂くるを
飛流直下　三千尺
疑うらくは是れ銀河の九天より落つるかと

詩形

七言絶句

大意

日の光がさすと、香炉峰から紫のもやが立ちのぼる。

はるか遠くには、滝がまるで長い川を立てかけたかのように見える。

滝は、飛ぶようにまっすぐ下へと三千尺も落ちてくる。

それはまるで九天の高い空から天の川が落ちてくるかのようだ。

言葉の意味

廬山：中国江西省にある名山。

香炉：廬山の一つの峰。香炉を伏せたような形をしているので言う。

紫烟：紫色のもや。

瀑布：滝。

長川：長い川。

飛流：飛ぶような滝の流れ。

三千尺：非常に長いことの例え。

疑是（うたがうらくはこれ）：～かと見紛う。

銀河：天の川。

九天：高い空。

鑑賞のポイント1

「香炉」の縁語として「紫烟」の語が使われています。日がさしてモヤが立ち込めることを、香炉峰にちなんでゆらゆらと煙が上った、と言うのです。

鑑賞のポイント2

第三句で「三千尺」といいますが、実際の長さではありません。これをそのまま受け取ると、一尺は30・3センチですから、三千尺では約900メートルになります。ここでは実際の長さではなく、非常に長いことの例えとして用いています。その景観を望んだときの驚きと感動からこのような表現になったのでしょう。

鑑賞のポイント3

「銀河の九天より落つ」（九天の高い空から天の川が落ちてくる）」という表現は、李白ならではの発想の奇抜さ、奇想天外さが見てとれます。このような発想は、凡人にはできません。

廬山

廬山は中国、江西省北端部の名山で、漢文によく登場します。山上には奇岩秀峰が林立し、山麓の湖水とあいまって独特な自然美を呈しています。殷、周の時代に匡姓を名のる七兄弟が廬を結んで隠棲したことからこの名がつけられたと言います。主要な峰として、主峰の漢陽峰（標高1474m）のほか、香炉峰、五老峰などがあります。廬山全体では171もの峰があり、複雑怪奇な地形を形成しています。1996年「廬山自然公園」として世界遺産に登録されました。

月を友とし大河の旅の風情を詠う詩を鑑賞する

峨眉山月歌／峨眉山月の歌　李白

例句　■は押韻

峨眉山月半輪秋
影入平羌江水流
夜發清溪向三峽
思君不見下渝州

峨眉山月　半輪の秋
影は平羌江水に入って流る
夜清渓を発して　三峡に向う
君を思えども見えず　渝州に下る

詩形

七言絶句

大意

峨眉山に半円の月がかかる秋。

その光は平羌江の水面を照らし、川は輝きながら流れてゆく。

夜、清渓を出発して三峡へと向かう。

月をもう一度見たいと思ったが、険しい山々に隠れ、ついに見ることができないまま渝州へと下った。

言葉の意味

峨眉山：四川省の西部にある名山で、月の名所。

半輪：半円の月。

影：光。

平羌江：岷江の別名。成都から下って眉山県に至るまでの一部を言う。

清渓：平羌江にある宿場の名。

三峡：急流で険しい瞿塘峡・巫峡・西陵峡を指す。

君：「月」もしくは「思う人、友人」の二説あり。ここでは「月」とする。

渝州：現在の重慶。

鑑賞のポイント 1

この詩は、李白が25歳のとき、それまで過ごした四川省を後にして旅立ったときの作品とされています。希望と不安を抱えながらの旅立ちです。

鑑賞のポイント 2

全体二十八文字の中に「峨眉山」「平羌江」「清渓」「三峡」「渝州」という5つの固有名詞がほどよく溶け込んでいる点を味わってみましょう。「峨眉山」は険しくそそり立つ山のイメージ、「平羌江」はゆったり流れる広い川のイメージ、「清渓」は清らかなイメージです。漢字の意味合いを巧みに利用しています。

鑑賞のポイント 3

「君を思えども見えず」の「君」は月をさしますが、別れてきた人を裏面にひそませています。もう二度と会うことのない人を振り返ってみたが、見えない。その悲しい思いをいだいたまま、渝州(ゆしゅう)へと下って行くのです。

夜に清渓を出発すると、明け方近くに、難所の楽山大仏のあたりを通過できたのでしょう。

豆知識 峨眉山

中国四川省にある名山で、四大仏教名山（五台山、九華山、普陀山、峨眉山）のひとつです。名前の「峨眉」とは、女性の眉のことで、山の形がそのように見えるために名付けられました。

頂上には金頂、千仏頂、万仏頂の3峰があり、一番高い万仏頂の標高は3、099m。山中には報国寺、華蔵寺、万年寺、伏虎寺など多数の寺院が建立されています。また、「峨眉十景」と呼ばれる有名な景観があります。代表的な景観は、金頂から眺められる「日の出」「雲海」「仏光」「聖燈」の「金頂祥光」です。1996年、峨眉山近隣の楽山大仏とともに世界遺産に登録されました。

きちんとわかるコツ その1 22

舟中から天門山を望む詩を鑑賞する

望天門山／天門山を望む

李白

例句 ■は押韻

天門中斷楚江開
碧水東流至北廻
兩岸青山相對出
孤帆一片日邊來

天門中断して楚江開く
碧水東流して北に至って廻る
両岸の青山相対して出で
孤帆一片日辺より来る

詩形

七言絶句

大意

天門山が真ん中から二つに断ち切られ、その間に長江の流れが開けている。

東に流れてきた碧の水は、ここで北へと向きを変えて流れる。

両岸には青い山が向かい合って突き出ている。

その間を一片の帆掛け舟が、遠い西の太陽の辺りから流れ下ってきた。

言葉の意味

天門：天門山。安徽省にある博望山と梁山とが、長江をはさんで門のようにそびえているためについた二つの山の総称。

楚江：長江。

至北廻(きたにいたってめぐる)：(東流してきた長江の水は) 北に向かって流れている。

日辺：太陽の辺り (太陽が沈みかける西の方角)。

鑑賞のポイント１

起句の「天門」「中断」「楚江」は、いかにも雄大な自然を感じさせてインパクトのある表現です。「楚江開く」から、船に乗って流れを下るにしたがって、天門山の二つの山が門をおし開くように開けて見えてきた、という光景が想像できます。

鑑賞のポイント２

続く承句の「至北廻」も、雄大な長江が大きく向きを変えて流れていく様を表わし、自然の驚異を感じさせます。船は北へと向きを変えて、天門山の間を通り抜けて行きます。

鑑賞のポイント３

詩全体では、「碧水」「青山」「孤帆（＝白帆）」「日辺（＝落日＝赤）」から、色鮮やかでかつ清々しい感じを読者に与え、詩の味わいを深めています。

「長江」と漢詩

全長６３００㎞の中国最長でかつ世界三大河流の一つ。チベット高原北東部に源を発し東シナ海に注いでいます。日本や欧米では長江全域を別の言い方で揚子江（ようすこう）と呼んでいます。

長い長江は、その場所や地域によって呼び方がありました。揚子江と呼ぶのは、もともと「揚子津（ようすしん）」という渡し場のあった流域を言っていたもので、先の「峨眉山月歌」の「平羌江（へいきょうこう）」も、平羌地区を流れている岷江（びんこう）をそう呼んだものです。本詩の「楚江」も、楚の地方を流れる長江を楚江と呼んでいたのです。

長江は漢詩の世界では、そのまま長江と表記される（P125「黄鶴楼送孟浩然之広陵」など）ほかに、単に「江」と表記される場合もあります。

きちんとわかるコツ その1
23

江南地方ののどかな春を詠う詩を鑑賞する

江南春／江南(こうなん)の春(はる)　**杜牧**

例句　■は押韻

千里鶯啼綠映**紅**
水村山郭酒旗**風**
南朝四百八十寺
多少樓臺煙雨**中**

千里(せんり)鶯(うぐいす)啼(な)いて　緑紅(みどりくれない)に映(えい)ず
水村山郭(すいそんさんかく)　酒旗(しゅき)の風(かぜ)
南朝(なんちょう)　四百八十寺(しひゃくはっしんじ)
多少(たしょう)の楼台(ろうだい)　煙雨(えんう)の中(うち)

詩形

七言絶句

大意

（晴れているとき）広い平野を見渡すと、ところどころでウグイスが鳴き、木々の緑が花の紅い色と照り映え、水辺や山ぞいの村々の酒屋では、のぼりが春風になびいている。

（一方雨の日には）南朝以来の四百八十ものたくさんの寺院の塔や鐘楼が、こぬか雨に煙る。

言葉の意味

千里：千里四方。

江南：長江下流の南の地方。

鶯：コウライウグイス（日本のウグイスよりも大型で黄色い）

緑映紅（みどりくれないにえいず）：柳の緑色と桃花の紅色が互いに照り映えている様子。

山郭：「郭」は外側の囲いを表す（内側の囲いは「城」）ここでは外側の囲いと同時に村を指す。

酒旗：青または白の布を竹竿に付けた、酒屋が看板にしているのぼり。「酒旆（しゅはい）」「酒帘（しゅれん）」とも言う。

南朝：古都・金陵［現・南京］の地に国を置いた宋（そう）・斉（せい）・梁（りょう）・陳（ちん）の王朝［420-589］を言う。

四百八十寺：研究ではこれくらいの数が実際にあったという。ここは多くの寺という意味。

多少：多くの（「多」に重点がある）。

楼台：高く盛った土台の上に建てられた二階以上の建物。高殿。この詩の場合は、塔や鐘楼などを指す。

煙雨：もやのような春雨（はるさめ）。

起句で、「千里」を用いて広々としていることを、かつ「緑映紅」と言って色鮮やかな農村風景を描きます。またウグイスの鳴く声をとらえることによって、読み手の聴覚をも刺激し、晴れてのどかな春の江南が眼の前に見えてきます。

鑑賞のポイント 2

承句では、近景として、村々で春風にはためく酒旗（酒屋ののぼり）をとらえます。酒好きな作者杜牧の独特な視点です。春の江南を歩き回ってのどが渇いたのかもしれません。

鑑賞のポイント 3

「四百八十寺」は「しひゃくはっしんじ」と読みます。ではなぜ「十」を「ジュウ」と読まずに「シン」と読むのでしょうか？ここに漢詩ならではのルールがあります。ジュウは平仄のルールで仄声（入声）になります。すると「南朝四百八十寺（網部分が仄声、それ以外は平声）」となり、二字目と六字目の平仄を同じにするというルールに反してしまいます。そこで「十」にはシン（平声）の音があることから、「はっしんじ」という読み方をしています。ただし、こういう作り方は唐詩にも宋詩にもまま見られることから、当時は許されていたと考えられています。普通に「ジュウ」と読んでも間違いではありません。

豆知識

「春」と漢詩

四季それぞれの時期は、国または地域、また、その時代によって異なります。古代中国では立春（太陽の黄経が315度になる日／陰暦12月後半から1月前半のどこか／太陽暦の2月4日ごろ）から立夏（同45度／陰暦3月中旬～4月中旬のどこか／5月5～6日ごろ）の前日までを春と呼びました。

漢詩では、春と秋を詠うことが多く、春は植物や動物が活気づく季節として、春の自然の美しさやすばらしさ、春にやすらぎを感じることを詠うほか、逆に自らの心の中の虚しさや悲しさを詠う詩も多くあります。

本書でも本詩以外に「辛夷塢」（王維）（P43）、「絶句」杜甫（P46）、「春暁」（孟浩然）（P49）、「春夜」（蘇軾）（P52）、「春夜洛城聞笛」（李白）（P107）、「春行寄興」（李華）（P113）、など、多く取り上げています。

きちんとわかるコツ その１
24

「秋」という言葉の通念に対して新たな感じ方を示した詩を鑑賞する

秋思／秋の思い

劉禹錫

例句 ■は押韻

自古逢秋悲寂寥
我言秋日勝春朝
晴空一鶴排雲上
便引詩情到碧霄

古より秋に逢うて寂寥を悲しむも
我は言う秋日は春朝に勝れりと
晴空一鶴雲を排して上る
便ち詩情を引いて碧霄に到る

詩形

七言絶句

大意

昔から秋は寂しさを悲しむ季節。しかし、私は言おう。秋の日は春の朝よりも優れていると。

なぜならば、晴れた空を鶴一羽が雲を押し分けて上って行き、たちまち詩情を引いて紺碧の空のかなたに飛び去って行くからだ。

言葉の意味

秋思：秋の思い。通常は旅情や別離の意を含みますが、ここでは「秋についての感想」という意。

自：「～から」と起点を表す助字。

古：昔。

寂寥：さみしい。

秋日：秋の日。

一鶴：一羽の鶴。

便：たちまち。

碧霄：青空。紺碧の大空。

鑑賞のポイント1

この詩は二首連作の第一首目です。「秋」のイメージは、古来より「悲愁」が連想されます（P36【豆知識】参照）。そして、そのモチーフで展開されるストーリーの代表的なテーマ・内容としては「別離」「寂しさ」「孤独」などがあります。起句ではこのような「秋」に対するイメージがあることを詠っています。

鑑賞のポイント2

承句では起句をひるがえして、「我言秋日勝春朝」と、秋の常識を覆す新たな詩境を宣言しています。ちょっと理屈っぽいですが、後半でそれを払拭します。

鑑賞のポイント3

転句・結句では、「一鶴」の白と「碧霄」の青との鮮やかな色彩の対比によって、秋のさわやかな光景を印象的に詠っています。「詩情を引く」とは、秋には詩心を刺激するものに満ちていることを言います。それも冴えわたった清々しい詩情です。

豆知識　「秋思」誕生の背景

続く二首目には、「山明水浄夜來霜／數樹深紅出淺黄／試上高樓清入骨／豈如春色嗾人狂」（山明かに水浄し夜来の霜／数樹深紅浅黄を出だす／試みに高楼に上れば清さ骨に入る／豈に知らんや春色の人を嗾かして狂わしむるを）

大意：澄みきった空気に山影がはっきりと浮かび水は浄く、夜には霜が降りる。深紅に色づいた木の葉の間に一層鮮やかな浅黄の葉が点じている。試みに高楼にのぼれば、清らかな冷たい空気が骨にしみ込む。春景色が人を狂おしく悩ませるような風情は微塵も感じられない。

春よりも秋が良いというのは、春は人を狂おしく悩ませるから、ということが分かります。秋の、気が引き締まる清々しさを作者は高く評価するのです。

たそがれどきに仏殿の前にたたずみ、悲しい思いを詠う詩を鑑賞する

暮立／暮に立つ

白居易

例句 ■は押韻

黄昏獨立佛堂**前**
滿地槐花滿樹**蟬**
大抵四時心總苦
就中腸斷是秋**天**

黄昏独り立つ仏堂の前
地に満つる槐花樹に満つる蝉
大抵四時心総べて苦しきも
就中腸の断つは是れ秋天

詩形

七言絶句

大意

たそがれに、ひとり仏堂の前に立つ。

散った槐の花が地面を覆い尽くし、樹々には蝉が鳴きしきる。

おおむね四季それぞれに悲しみを誘うものだが、

とりわけ、秋ははらわたがちぎれるほど悲しい。

言葉の意味

黄昏：日没直後。たそがれどき。
仏堂：仏像を安置した堂。
槐花：槐（えんじゅ）の花。
大抵：おおむね。
四時：四季。
苦：ここでは、「痛み悲しむ」の意。
就中：とりわけ。
腸断：腸がちぎれる。（はなはだしく悲しむときの形容）
秋天：秋の空。秋。

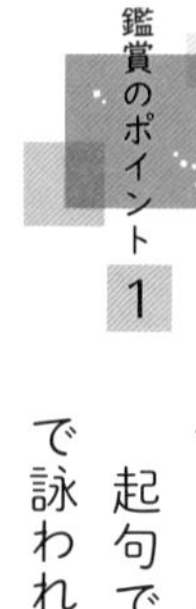

鑑賞のポイント 1

この詩は、母の陳氏が亡くなった頃（811年）の作です。

起句でこの詩がどこで、どのような心境で詠われたのかを示しています。「仏堂の前」が詩全体の「場」を明示します。

鑑賞のポイント 2

承句は、たそがれどきの薄暗い中で、あたり一面に散った白い花や樹という樹にとまって蝉がしきりに鳴く様子を詠います。盛大な様子です。それだけに、仏堂の前に一人たたずむ作者が、いっそう孤独に映ります。「独」と「満」の字が巧みです。

鑑賞のポイント 3

転句・結句では、作者の置かれた状況から、もっとも悲しいのは秋だ、と言います。悲しみと孤独に打ちひしがれている作者の気持ちが伝わってきます。蝉の声も、悲しく聞こえてきます。

漢詩に出てくる主な副詞

現代文に訳すときに副詞をどのように訳すかは鑑賞する上で大切なことです。参考までに、漢詩に出てくる主な副詞を確認しましょう。

漢文	現代仮名遣いの読み	意味
愈	いよいよ	ますます
転た	うたた	いよいよ
尽（悉）ク	ことごとく	すべて、みな
更無	さらになく	まるで全く〜でない
数	しばしば	しきりにたびたび
輒チ	すなわち	そのたびに
大抵	たいてい	おおむね
忽チ	たちまち	突然、ふと
偶	たまたま	たまたまちょうど
具ニ	つぶさに	詳しく

きちんとわかるコツ その1
26

夏のすがすがしさを詠う詩を鑑賞する

客中初夏／客中の初夏（かくちゅうのしょか）

司馬光（しばこう）

例句　■は押韻

四月清和雨乍**晴**
南山當戸轉分**明**
更無柳絮因風起
惟有葵花向日**傾**

四月清和雨乍ち晴る（しがつせいわあめたちまちはる）
南山戸に当って転た分明（なんざんこにあたってうたたぶんめい）
更に柳絮の風に因って起る無く（さらにりゅうじょのかぜによっておこるなく）
惟だ葵花の日に向って傾く有り（ただきかのひにむかってかたむくあり）

詩形

七言絶句

大意

初夏四月のある日のこと、さっと雨が降った後のすがすがしい青い空。

南の山が、部屋の戸口まじかにあるようにはっきりと見える。

もう柳のわたが風によって乱れ散って飛ぶこともなく、

ひまわりがただ太陽に向かって顔を傾けているばかり。

言葉の意味

客中：旅先（たとえそこに住んでいても、出身地以外は旅先での仮住まいと表現する）。

初夏：陰暦の初夏で、四月。

清和：すがすがしくさわやかな様子。

南山：作者の場所から南に位置する山。なお、「南山」という言葉は、隠棲のイメージを想起させる。

戸：作者の部屋の戸口。

転：いよいよ。

分明：はっきりと見えるの意。

更無：まるで全く〜でない。

柳絮：柳のわた。

葵花：ひまわり。

鑑賞のポイント1

起句の「清和」は、いきなり初夏のすがすがしさを大いに感じさせてくれます。

鑑賞のポイント2

転句の「柳絮」は、白い綿毛をつけた柳の種子のこと。それが空いちめんに舞う時期は、晩春から初夏にかけてです。詩によく詠われ、蘇軾の「孔密州の五絶に和す東欄（とうらん）の梨花」には「梨花は淡白　柳は深青／柳絮飛ぶ時　花は城に満つ／惆悵（ちゅうちょう）す　東欄一株（いっしゅ）の雪／人生看得るは幾清明」とあります。大意は、「梨の花はほんのり白く、柳は深い緑色／柳の綿が舞うころ、町には花が満ちあふれる／庭の東の欄干のそばに、雪のように白く咲いていた一本の梨の木を思い出すと、悲しくてたまらない／はかない人生に、いったい何度このようなすばらしい清明（せいめい）の日に出会うことができるだろうか」。柳絮は晩春のもの悲しさをさそう風物詩です。

鑑賞のポイント3

この詩は、引退中の独楽園（作者所有の庭園）でののどかな一駒を詠ったものとされます。

「夏」と漢詩

古代中国では、立夏（太陽の黄経が45度になる日／陰暦3月15日～4月15日の間のどこか／太陽暦の5月5～6日ころ）から立秋（同135度になる日／陰暦6月後半から7月前半のどこか／太陽暦の8月7日か8日ころ）の前日までを夏と呼びました。

夏の詩には、本詩や本書で紹介する「初夏即時」（王安石）（P82）のほか、「夏日山中」（李白）、「山亭夏日」（高駢（こうべん）／晩唐の詩人）、「夏夜追涼（かやりょうをおう）」（楊（よう）万里（ばんり）／南宋の詩人）などがあります。

初夏のさわやかな風と景色を詠う詩を鑑賞する

初夏卽時／初夏即時（しょかそくじ）

王安石（おうあんせき）

例句　■は押韻

石梁茅屋有彎**碕**
流水濺濺度兩**陂**
晴日暖風生麥氣
綠陰幽草勝花**時**

石梁茅屋湾碕有り
流水濺濺として両陂を度る
晴日暖風麦気を生ず
緑陰幽草花時に勝れり

詩形

七言絶句

大意

石橋や茅葺(かやぶき)の小屋、曲がりくねった岸辺もある。川の水は勢いよく流れ、両側の土手を過ぎていく。

晴れた初夏の日差しに温められた風で、勢いよく育った麦の香りも漂い、繁茂した樹々の木陰とその下に生えた草々も、そのどれもが、花が咲く春よりも嬉しく思われる。

言葉の意味

即時：折にふれて。
石梁：石橋。
茅屋：茅葺の小屋。
湾碕：湾曲した岸辺。
濺濺：水が勢いよく流れるさま。
陂：土手。
生麦気（ばっきをしょうず）：麦の香が生じるの意。
緑陰幽草：繁茂した樹々の木陰とその下に生えた夏草。
花時：花が咲く時節。

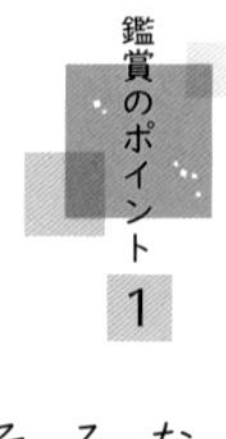

鑑賞のポイント１

起句に「石梁」「茅屋」「湾碕」と、動きのない建造物などを詠い、続く承句で動きのある風景を詠います。それゆえに川の水がいっそう生きいきと流れていきます。

鑑賞のポイント２

転句「晴日暖風生麦気」は、まさしく初夏の風景。麦の香りに着目したところに作者のやさしい視線を感じます。

鑑賞のポイント３

詩全体に初夏の風物（川の水や夏草、麦の香り）を取りそろえ、視覚だけではなく、聴覚や嗅覚も刺激して農村の風景を詠います。

「初夏即時」誕生の背景

王安石は、文章家、詩人としてはもとより、政治家としても傑出していました。神宗（しんそう）（北宋の第６代皇帝）から宰相に任じられ、政治改革の一環として新法と総称される諸施策を実施しましたが、保守派の反対は根強く、１０７５年に遂に解任されて地方へと左遷されました。翌年は復職を果たしますが、息子の王雱（おうほう）の死もあり、気力を失った王安石は、１０７６年に辞職し、翌年に引退して南京郊外に隠棲しました。この詩は、そうした人生の苦難を経て、再び取り戻した作者晩年の心静かな暮らしぶりをスケッチしたものです。緑陰の幽草や麦の香りは、作者の生きるエネルギーと通い合うところがあります。

第3章
漢詩がきちんとわかるコツ　その2
人生（別れ・感傷・悲哀）詩編

きちんとわかるコツ その2
28

敬亭山の景観を楽しみ、自然と一体となった心境を詠う詩を鑑賞する

獨坐敬亭山／独り敬亭山に坐す

李白

例句

■は押韻

衆鳥高飛盡
孤雲獨去閑
相看兩不厭
只有敬亭山

衆鳥高く飛んで尽き
孤雲独り去って閑なり
相看て両つながら厭わざるは
只だ敬亭山有るのみ

詩形

五言絶句

大意

辺りにいた多くの鳥たちは、空高く飛んですべて去っていった。

空に浮かんでいた一ひらの雲も流れ去り、辺りは静寂に包まれた。

お互いにじっと見つめあっていやにならないのは、ただ敬亭山おまえだけだ。

言葉の意味

衆鳥：多くの鳥。

孤雲：一ひらの雲、離れ雲。

閑：静かなさま。

敬亭山：安徽省宣城県（あんきしょうせんけん）にある高さ１千ｍの山。

鑑賞のポイント 1

李白、53、4歳ころの詩です。敬亭山に独り向かって坐（すわ）り、山の景色をながめながら、自然と一体となった心境を詠っています。

鑑賞のポイント 2

起句と承句が対句になっています。対句とは、文法的に同じ働きをする言葉が相対している二つの句を言います。この句では「衆鳥」と「孤雲」が名詞で対応しています。「高」と「独」はどちらも動詞の「飛ぶ」「去る」にかかります。「尽きる」「閑か」は動作の結果を表します。

起句「衆鳥（名詞）　高　飛盡（動詞）」
承句「孤雲　獨　去閑」

鑑賞のポイント 3

「相見て」「両つながら厭わず」、互いに見つめあって、互いにいやにならないのは、と「敬亭山」を擬人化しています。それほどこの山に深い魅力を感じていたことが分かります。

豆知識　李白と敬亭山

敬亭山は、安徽省宣城県（あんきしょうせんじょうけん）にある高さ1千mの山で、別名昭亭山、または査山とも呼ばれています。

李白が敬愛した詩人・謝朓（しゃちょう）（464年‐499年）は、中国南北朝時代、南斉の詩人で、宣城に太守（長官）として赴任し、しばしばこの山に遊び、「敬亭山に遊ぶ」という長編の詩を残しています。謝朓は、山水描写と自らの情感とを巧みに融合させた、抒情性豊かな山水詩を多く残しました。李白はその風流を慕って敬亭山の付近に庵を結んだと言われています。

きちんとわかるコツ その2

29

成就しなかった恋への思いを詠う詩を鑑賞する

子夜歌／子夜歌

子夜

例句　■は押韻

始欲識郎時
兩心望如一
理絲入殘機
何悟不成匹

始めて郎を識らんと欲せし時
両心　一の如くならんことを望めり
糸を理へて残機に入るに
何ぞ悟らん　匹を成さざるを

詩形　五言絶句

大意

はじめてあなたを好きになったとき、お互いの心が一つになるようにと願ったものでした。
それなのに、糸をそろえて機織り機に上がってみたら、機織り機は壊れていて一匹の布も織り上げることができませんでした。（思いを遂げようとしても遂げられない、あなたとの恋はもうおしまいなのね）このようなことになろうとは、いったい誰が想像したでしょうか？

言葉の意味

子夜歌：六朝時代、南朝の首都・建康（けんこう）（現在の南京）を中心とする呉の地方で流行した民歌で、楽府題（P10参照）の一つ。
郎：女性が若い夫もしくは恋人を呼ぶ呼称。
両心：お互いの心、二つの心。
理糸（いとをととのう）：機織り機（はたおりき）で布を織ること。恋心を大切に守るの意。
残機：壊れた機織り機。
不成匹（ひつをなさず）：布を織り上げることができない。

鑑賞のポイント1

第三句の「理糸」の「糸」は、音の連想で、同音の「思」に通じ、「恋の思い」を暗示しています。音の連想から別の意味を暗示する言葉に、他に「蓮」もあります。「れん」は「憐」に通じることから、いとおしい恋の思いを重ねます。

鑑賞のポイント2

第三句の「残機」は、郎が心がわりして二人の仲が壊れたことを暗示します。「残」はすたれる、という意味で、「残花」は朽ちた花、「残火」は消えそうな火、を意味します。

鑑賞のポイント3

第四句の「成匹」の「匹」は「匹配」、つまり配偶者を暗示していて、「不成匹」で夫婦になることができないことを意味します。

豆知識

子夜歌

子夜歌は、呉の国の子夜という女性が歌ったという哀切な歌です。「子夜歌」が広く流行し、有名になったため、多くの替え歌が作られ、また楽府題として後世に伝えられました。

民間の歌には民の素朴な思いがこめられ、生活の苦しみや、切ない恋のおもいや、時には役人への怨嗟などが詠われます。民の素朴な思いを汲み取りよい政治を行おうという考えのもと、前漢時代（紀元前206年-8年）、宮中に歌謡曲や民謡を収集・研究する楽府という役所が設置されました。そこに集められた歌謡曲・民謡を「楽府」と言います。その「楽府」の題を「楽府題」と言い、もとの歌の歌詞内容に合う替え歌がさかんに作られ、また後世メロディーが失われても、多くの詩人が「楽府題」によって替え歌を作りました。

きちんとわかるコツ その2 30

遥か彼方の故郷のことを思い、しみじみと感慨にふける詩を鑑賞する

靜夜思／静夜思（せいやし）

李白

例句　■は押韻

牀前看月光
疑是地上霜
擧頭望山月
低頭思故鄕

牀前（しょうぜん）月光（げっこう）を看る（みる）
疑うらく（うたがうらく）は是れ（これ）地上（ちじょう）の霜（しも）かと
頭（こうべ）を挙げて（あげて）山月（さんげつ）を望み（のぞみ）
頭（こうべ）を低れて（たれて）故郷（こきょう）を思う（おもう）

詩形

五言絶句

大意

寝台の前の床が一面白く光っているのを見て、はじめは地上におりた霜かと疑った。しかし、よく見るとそれは月の光だった。

頭を上げて山の上に照る満月を眺めているうちに、故郷のことが思い出され、いつしかうなだれて故郷を思っていた。

言葉の意味

静夜思：静かな夜の思い。「思い」は物思い、悲しみを言います。楽府題のテーマの一つです。

牀前：「牀」とは寝台もしくは、寝台にもなる長椅子（家具）のこと。「牀前」は、その家具の前の床を指す。

疑是～（うたがうらくはこれ）：～かと疑う。もしかしたら～ではないか。

霜：空気中にただよう冷気。

山月：山の上に出ている月。漢詩の世界では、「月」は通常「満月」を指す。

低頭（こうべをたれて）：うなだれて。

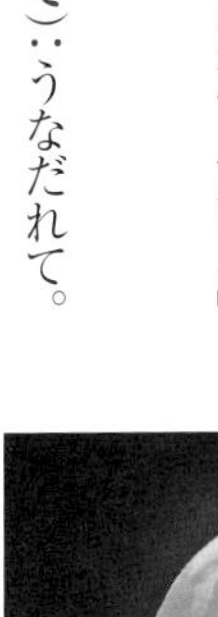

鑑賞のポイント 1

作者の心の動きが自然に表れている作品です。第一句と第二句は、見たままの様子、風景を描写しつつ、霜と見間違うほどの美しい月の光を描いています。霜は、日本では地上の白い氷状の物を言いますが、漢詩では空気中にただよう冷気です。それが地面に降りた、と李白はびっくりしたのです。

鑑賞のポイント 2

後半の第三句と第四句は、前半の美しい月光に驚いたことを承け、情の動きのままに身体（頭）の動きを表します。第三句「頭を挙げて山月を望み」と第四句「頭を低れて故郷を思う」は対句です。

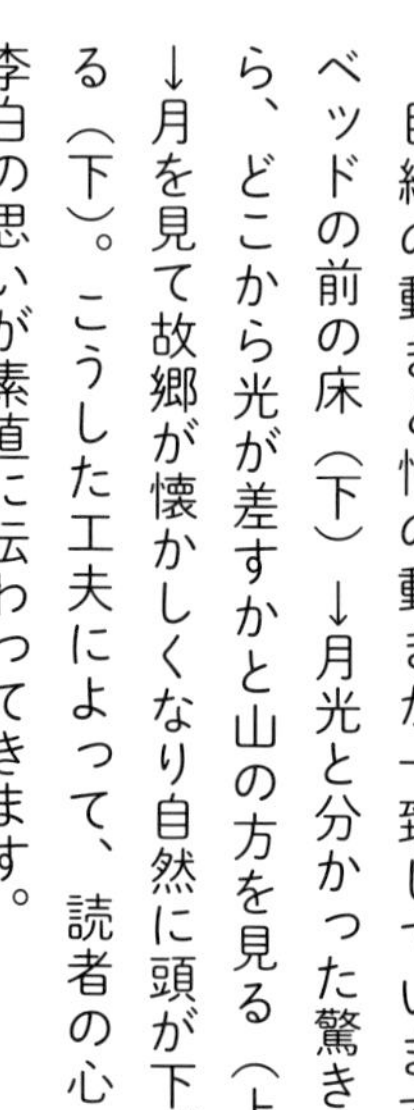

鑑賞のポイント 3

目線の動きと情の動きが一致しています。ベッドの前の床（下）→月光と分かった驚きから、どこから光が差すかと山の方を見る（上）→月を見て故郷が懐かしくなり自然に頭が下がる（下）。こうした工夫によって、読者の心に李白の思いが素直に伝わってきます。

豆知識 「月」と漢詩

漢詩の世界では、「月」は満月を表わします。「月」は本書で紹介する「中秋月」（P98）や「春月」のように、季節や特定の日に照る月として登場することもあれば、月の字を用いずにさまざまな異名で表わすこともあります。

たとえば、前述「中秋月」の中の「玉盤」のほかに、「桂」、「玉桂」、「玉兎」、「玉輪」、「玄兎」などがあります。そのほかには、中国神話から「姮娥」や「嫦娥」も月のことを言います。

また、月はその位置によっても言い方を変えます。

たとえば、楼閣の上の月を「楼月」、河の上にかかる月を「江月」、湖に映った月や湖上の月を「湖月」、山上に出た月や山にかかった月を「山月」と表現されます。

そのほかに月は、その見た目の様子が「純真、なんの邪心もなく澄み切っている」として、人の心を表わす言葉としても使われます。

たとえば、「霽月」は、雨が上がったあとの月を指しますが、転じて、曇りがなく、さっぱりとした心境を指す言葉でもあります。

きちんとわかるコツ その2 31

恋人を想う気持ちを詠う詩を鑑賞する

玉階怨／玉階怨（ぎょくかいえん）

李白

例句 ■は押韻

玉階生白露
夜久侵羅襪
却下水精簾
玲瓏望秋月

玉階（ぎょくかい）に白露（はくろ）生（しょう）じ
夜久（よるひさ）しくして羅襪（らべつ）を侵（おか）す
水精（すいしょう）の簾（すだれ）を却下（きゃっか）して
玲瓏（れいろう）　秋月（しゅうげつ）を望（のぞ）む

詩形

五言絶句

大意

白玉のきざはしに白い露がおり、夜が更けて、薄絹の靴下に冷たく浸み込んでくる。
水晶の簾を下ろし、透明に光り輝く秋の月を眺める。

言葉の意味

玉階怨：楽府題。テーマは、宮女の悲しみを詠う。
玉階：大理石の階段。中庭に通じる二三段の階段。
白露：露。白は美しく言う表現。
夜久：夜が更ける。
侵：浸み込む。
羅襪：絹の靴下。
却下：おろす。
水精：水晶。
玲瓏：透明に光り輝くさま。

鑑賞のポイント1

「玉階」や「羅襪」「水精の簾」から、詩の主人公は女性で、しかも貴族のお嬢さんか、宮女であること、また靴下が露にぬれる夜ふけまで、階段で恋人を待っていたことを読み取りましょう。

鑑賞のポイント2

「玉」「白」「水精」「玲瓏」と、透明で美しいことを連想させる言葉がちりばめられ、女性のいる場と、女性の心の清らかさを表わしています。

鑑賞のポイント3

後半は、恋人がこないので、女性は悲しい思いをいだきながら部屋に入り、簾を下ろします。そのとき、水晶の簾を透して秋の月の澄んだ光が部屋いっぱいに広がり、簾ごしに月を眺めている女性のすがたが光の中にうつくしくとけこんでゆきます。そして、女性の悲しみも、その光とともに部屋いっぱいに広がります。李白ならではの美しい詩です。

豆知識　閨怨詩（けいえんし）

女性を題材として詠う詩を「閨怨詩」と言います。基本的に、唐の時代では、男同士の友情や別れを詠うことはあっても、女性との恋愛を表立って詠うことはありません。そのためか、女性の立場にたって、寵愛をうしなった女性や、戦争に夫が駆り出されひとり空閨をまもる女性の悲しみを詠う詩が流行します。李白の本詩も「閨怨詩」です。謝朓の同題の詩をさらに美しく、透明感あふれる詩にしています。唐代の「閨怨詩」の名手には王昌齢もいます。

きちんとわかるコツ その2
32

月を眺めながら自らの人生への不安を詠う詩を鑑賞する

中秋月／中秋の月

蘇軾

例句 ■は押韻

暮雲收盡溢清寒
銀漢無聲轉玉盤
此生此夜不長好
明月明年何處看

暮雲　収まり尽きて　清寒溢る
銀漢　声無く　玉盤転ず
此の生　此の夜　長えには好からず
明月　明年　何れの処にか看ん

詩形

七言絶句

大意

夕暮れ時の雲がどこかに去ってしまい、清々しい夜の冷たい空気が辺りに満ちている。

天の川は音もなく流れ、白く輝くまるい月がその中を転がっていく。

この人生、この夜がいつまでも続くとは限るまい。

この明月を、来年はどこで観ているのだろうか。

言葉の意味

中秋月：陰暦8月15日の月。
暮雲：夕暮れ時の雲。
収尽（おさまりつく）：どこかにしまい込まれて無くなる。
清寒：夜の清々しい冷たい空気。
銀漢：天の川。
無声：音が無い。
玉盤：月。
転：転がる。
不長好（とこしえにはよからず）：永遠に良いわけではない。
何処：どこで～か。

鑑賞のポイント1

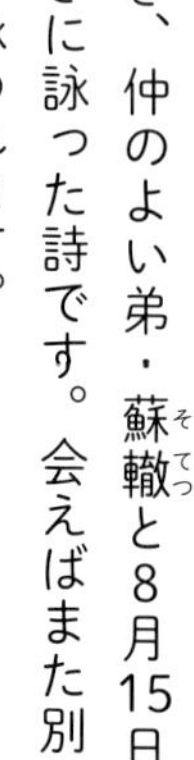

この詩は、作者が徐州（現江蘇省徐州市）の知事であったとき、仲のよい弟・蘇轍と8月15日に一緒に月を見たときに詠った詩です。会えばまた別れのあることが、後半に詠われます。

鑑賞のポイント2

第二句で、「玉盤」（「玉」〔美しい石〕で作った食べ物を盛る器のことで、白く輝く満月を表わす）が転がっていくという絶妙な表現で、銀漢（天の川）と月の美しさを際立たせています。

鑑賞のポイント3

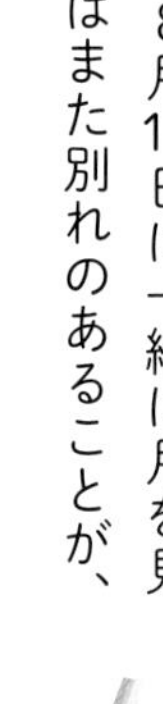

第三句の「不長好」は「長えには好からず」と読み、「永遠に続くわけではない」という意味になります。語順の違う「長不好」は「長えに好からず」と読み、「永遠に続かない」という意味です。「不長好」「長えには好からず」という表現からは、期待と不安とが入り混じっている作者の心情が感じられます。

「銀」と漢詩

銀は、銀貨や銀印などの貴金属としての銀の意味もありますが、「白くてつやがあるもの」や「雪」や「雨」のことなども言います。一般的に前者の例として、鉱物の雲母のことを銀母、後者の例としては、積もった雪の美称として「銀雪」、激しく降る雨を「銀竹」と言います。他には、「さかい」や「はて」という意味もあります。

本詩の「銀漢」は天の川、銀河という意味ですが、同じ意味の「銀湾」の語もあります。その他には、「銀蟾」という言葉もあります。「蟾」はヒキガエルのことですが、月を意味します。これは、昔、「月中に蟾蜍がいる」という伝説から、月の異名となりました。

恋人との別れを詠う詩を鑑賞する

送別／送別

魚玄機

例句　■は押韻

秦樓幾夜愜心**期**
不料仙郎有別**離**
睡覺莫言雲去處
殘燈一盞野蛾**飛**

秦楼　幾夜か　愜心を期せしも
料らざりき仙郎　別離有らんとは
睡り覚めて　言う莫かれ雲去りし処
残燈　一盞　野蛾飛ぶ

詩形

七言絶句

大意

あなたとは、幾晩も心行くまで契りを交わしてきましたが、そんなあなたと別れることになるなんて思いもしませんでした。

夢から覚めた今、どこかにいなくなる私のゆくえを、どうか尋ねないでください。今にも消えそうな灯火に蛾が飛び込んで身を焦がしています。まるで私のように。

言葉の意味

秦楼：作者と恋人とがむつみ合った妓楼。

慊心期（きょうしんをきす）：心ゆくまで契りをかわす。

不料：思いもよらない。

仙郎：「郎」は男性の恋人や夫を指して言う言葉。ここの「郎」は、作者を捨てていなくなった。

雲去処（くもさりしところ）：どこかにいなくなった私のゆくえの意。

残燈：消え残っている灯火（ともしび）。

蓋：灯芯と油を入れた小皿のこと。

鑑賞のポイント１

例えの表現が巧みです。

第一句の「秦楼」は、秦の穆公〔春秋戦国時代の秦の君主（在位前659～前621）の娘・弄玉とその夫の簫史が仲むつまじく住んだ鳳台を指します。また、第二句の「仙郎」は、「秦楼」の故事の中で、簫史が龍に乗って天に昇ったことを踏まえ、恋人が自分を捨てていなくなったことを意味します。

鑑賞のポイント２

第三句の「雲去りし処」は、「朝雲暮雨」「雲雨巫山」の伝説を踏まえています。

昔、楚の王が夢の中で巫山の神女と契り、神女が別れぎわに「朝には雲、暮れには雨となりましょう」と言って去り、その後、王が朝夕よく観察すると、確かに朝は朝焼け雲が出、夕方には雨になった、ということです。

鑑賞のポイント３

第四句の「残燈一盞野蛾飛ぶ」が強烈なインパクトを与えます。身も心も焼けただれるような、作者の激しく揺れる心が感じられます。森鷗外に魚玄機の生涯を描いた小説『魚玄機』があります。

「送別」と漢詩

漢詩には「送別」をテーマにした詩が多くあります。本詩や本書で紹介する「黄鶴楼にて孟浩然の広陵に之くを送る」（李白）（P125）ほか、有名な詩として「元二の安西に使するを送る」・「送別」（王維）、「芙蓉楼にて辛漸を送る」（王昌齢）、「易水送別」（駱賓王）などがあります。主に恋人や友との別れを詠っています。

大晦日の夜、故郷の家族を思い寂しさを詠う詩を鑑賞する

除夜作／除夜の作

高適

例句　■は押韻

旅館寒燈獨不眠
客心何事轉凄然
故郷今夜思千里
霜鬢明朝又一年

旅館の寒灯　独り眠らず
客心　何事ぞ　転た凄然
故郷　今夜　千里を思う
霜鬢　明朝　又一年

詩形

七言絶句

大意

旅館の寒々とした灯火のもとで、独り私は眠れないでいる。旅にある私の心はなぜこんなにもますます寂しさが身に染むのであろう。

遠く離れた地から今夜、故郷の家族を思う。

霜が降りたように白くなった髪の私は、明日また１つ年をとる。

言葉の意味

除夜：大晦日（おおみそか）の夜のこと。

寒灯：寒々（さむざむ）とした灯火のこと。

客心：旅先での思い。

凄然：寂しさが身に染みるさまを表す。

故郷：この場合は、故郷に暮らす作者の家族のこと。

千里：故郷から作者の居場所が遠く離れていることを表わしている。

霜鬢：霜が降りたように白くなった髪のこと。

明朝又一年：数え年の習慣で、大晦日の翌日（元日）になると同時に１歳年をとることを言う。

鑑賞のポイント 1

第一句で、みすぼらしい旅館の様子や、眠れずに灯火をつけている作者の様子が見えてきます。漢詩でよく「眠れない」という表現が出てきますが、眠れないのは愁いがあるからです。

鑑賞のポイント 2

大みそかの夜は、家族がうちそろって過ごし、新年を迎えましたから、ひとり遠く旅に出ている作者は、さびしくてしかたなかったことでしょう。第二句、第三句では、ますます寂しさがつのり、ひとり故郷を思う孤独な作者の様子が詠われています。

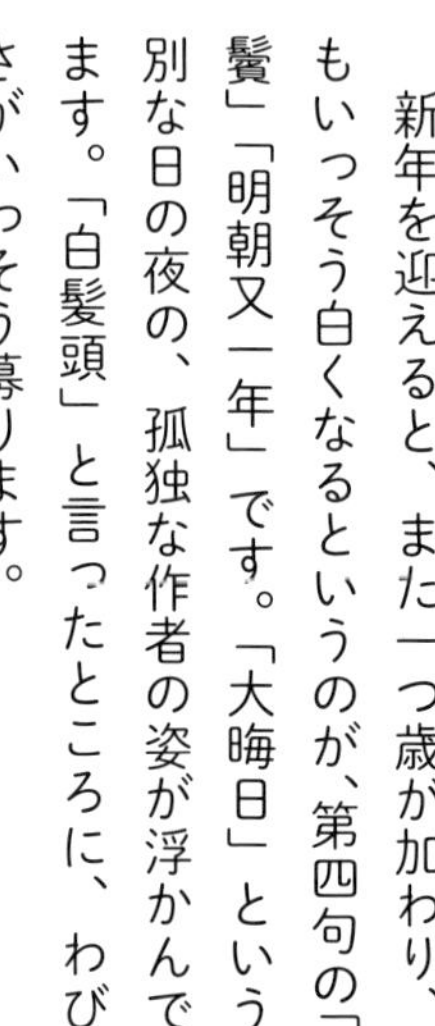

鑑賞のポイント 3

新年を迎えると、また一つ歳が加わり、髪もいっそう白くなるというのが、第四句の「霜鬢」「明朝又一年」です。「大晦日」という特別な日の夜の、孤独な作者の姿が浮かんできます。「白髪頭」と言ったところに、わびしさがいっそう募ります。

太陰暦の大晦日、正月と漢詩

中国では、正月は春節（しゅんせつ）、正月、新年、過年などとよばれ、伝統的に太陰暦に基づいて実施されてきました。太陰暦とは、月の満ち欠けの周期（満月から次の満月まで）の朔望月（さくぼうげつ）だけを基本周期として日を数える暦法で、略して陰暦ともいいます。そして、その1日前が大晦日となります。陰暦にならった正月を私たちは旧正月と呼んでいます。実際に現在の何月何日を指すのかは、その年によって違います。ちなみに、２０１９年の旧正月は２月５日、大晦日は２月４日です。２０２０年は１月25日が旧正月で、大晦日は１月24日になります。

漢詩には、大晦日や正月をテーマにしたものもあります。本詩のほかに「除夕（じょせき）子野を訪（とぶら）いて焼芋を食い戯れに作る」（蘇軾）、日本では「己卯除夜（きぼうじょや）」という漢詩を福澤諭吉が作っています。「除夕」は除夜のことをいいます。一方、正月をテーマにした詩としては、「正月」（李賀（りが））、「元日」（王安石）などがあります。

折楊柳の曲を聴いて望郷の念にかられることを詠う詩を鑑賞する

春夜洛城聞笛／春夜洛城に笛を聞く

李白

例句　■は押韻

誰家玉笛暗飛**聲**
散入春風滿洛**城**
此夜曲中聞折柳
何人不起故園**情**

誰が家の玉笛か暗に声を飛ばす
散じて春風に入って洛城に満つ
此の夜曲中折柳を聞く
何人か故園の情を起さざらん

詩形

七言絶句

大意

どこの誰が吹いているのだろう、どこからともなく笛の音が聞こえてくる。

その笛の音は春の風にのって洛陽の町のすみずみまで響きわたっている。

この夜、曲の中で「折楊柳」を聞いたが、この曲で故郷を思う切ない気持ちが起こらない人は誰一人いないだろう。

言葉の意味

洛城：洛陽の町（現在の河南省洛陽市）。

玉笛：美しい笛。

暗：どこからともなく。

折柳：「折楊柳（せつようりゅう）」という別離のときに使われる曲のこと。

故園情（こえんのじょう）：故郷を思う切ない気持ち。

鑑賞のポイント 1

この詩は、作者が30代半ば、洛陽に滞在しているときの作品です。

作詩技術に優れた作品だと評価されています。

第一句の「誰」は「暗」と応じており、第二句の「満つ」の「満」は、第四句の「何人か起さざらん」と応じています。

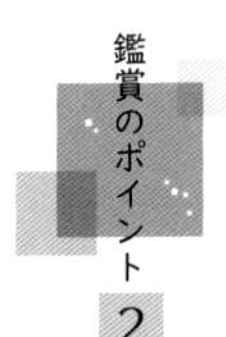

鑑賞のポイント 2

第一句の「声を飛ばす」の「飛」と第二句の「散じて」の「散」は「春風」を想起させ、春風は題の「春夜」の春と第三句の「柳」を想起させます。それぞれに情景を思い浮かばせる効果があります。

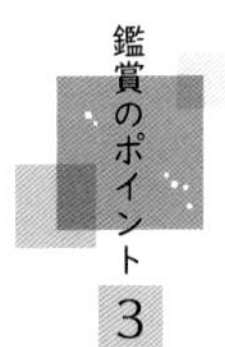

鑑賞のポイント 3

第三句の「此夜」は題の春夜の「夜」につながり、「折柳」は別離の曲ということで第四句の「故園の情」とつながっています。作者の切ない気持ちがより強く伝わります。

折楊柳と生活習慣

「折楊柳」は、別れに演奏される曲です。古来より中国では、送別の際に楊柳の枝を折って環(わ)をつくり、旅立つ人に贈る習慣がありました。「環」は「還」に通じ、旅人の無事な帰還を祈る意味がありました。また「柳」の音(おん)の「リュウ」は「留」と同じで、思いを留める、にも通じます。柳は生命力の強い植物ですから、旅人に、健康で無事で帰ってきてください、という願いをこめたのです。

荒れ果てたかつての宮殿の様子と人生の無常を詠う詩を鑑賞する

蘇臺覽古／蘇台覧古（そだいらんこ）

李白

例句 ■は押韻

舊苑荒臺楊柳**新**
菱歌清唱不勝**春**
只今惟有西江月
曾照呉王宮裏**人**

旧苑荒台楊柳新たなり
菱歌清唱春に勝えず
只今惟だ西江の月のみ有って
曾て照らす呉王宮裏の人

詩形

七言絶句

大意

古い庭園、荒れた高台。そのような中にも、ただ楊柳だけが新たに芽吹いている。

菱の実をとりながら娘たちが歌う清らかな歌声が聞こえてくる。それを聞いていると、とても春の感傷に耐えられない。

今も昔も変わらないものはただ一つ、西江の水面にのぼる月だけだ。

この月はかつて呉王の宮殿にいた、絶世の美女西施（せいし）を照らしていたのだ。

言葉の意味

蘇台：姑蘇山（こそざん）（現在の江蘇省蘇州市）の上にある姑蘇台（こそだい）。姑蘇台は、春秋時代末の呉国の王・夫差（ふさ）の築いた宮殿。

旧苑：昔からある古い庭園。

菱歌：民謡の一種で、娘たちが菱の実をとりながら歌う歌。

清唱：澄んだ声で歌うこと。

不勝春（はるにたえず）：春の感傷に耐えられない。

西江：姑蘇台の西を流れている川。

呉王宮裏人（ごおうきゅうりのひと）：絶世の美女と謳（うた）われた西施（せいし）。

鑑賞のポイント 1

第一句では、かつての華やかな宮殿跡の、いまはさびれた様子と、それと対照的な、青春のただなかにいる若い女性たちの清らかな歌声を響かせ、人生の無常を詠います。

鑑賞のポイント 2

第三句、第四句は、世の無常を別の角度から詠います。この2句は初唐の詩人・衛万(えいばん)の「呉宮怨(ごきゅうえん)」の詩と同じです。作者・李白がこの2句を非常に気に入っていたからでしょう。

鑑賞のポイント 3

かつて西施を照らした月だけが、今も空に輝いている、という結句に、人の世のはかなさと月の永遠性が際立ちます。前半の昼の明るさの中での無常と、後半の夜の中での無常をバランスよく詠っています。

豆知識　呉王と西施

呉王とは、春秋時代末の呉国の王・夫差(ふさ)［在位前496-前473］のことです。西施［生没年不詳］は、古代中国の美女で、夫差に会稽(かいけい)で敗れた越(えつ)王勾践(こうせん)が、夫差が好色なのを知って、復讐(ふくしゅう)のために呉国へ送り込んだ女性です。夫差は臣下の進言を聞かず、喜んで西施を迎え入れました。その後、長年機会をうかがっていた越王勾践による相次ぐ侵攻に抗しきれず、前473年、夫差は自害し呉は滅亡しました。その滅亡には、夫差が西施を溺愛していたことも一因をなしたと伝えられています。その後　西施の名は、広く美女の代名詞として親しまれ、後世の詩人たちが詩中に詠み込みました。

春の美しい風景とうらはらに自らの心の傷を詠み込んだ詩を鑑賞する

春行寄興／春行(しゅんこう)して興(きょう)を寄(よ)す

李華(りか)

例句　■ は押韻

宜陽城下草萋**萋**
澗水東流復向**西**
芳樹無人花自落
春山一路鳥空**啼**

宜陽城下(ぎようじょうか)草萋萋(くさせいせい)
澗水東流(かんすいとうりゅう)して復(ま)た西(にし)へ向(む)かう
芳樹人無(ほうじゅひとな)く花自(はなおのず)から落(お)ち
春山一路(しゅんざんいちろ)鳥空(とりむな)しく啼(な)く

詩形

七言絶句

大意

宜陽の町の郊外は春の草が盛んに生い茂っている。

谷川の水は東に流れていたかと思うと、方向を変えて西に流れている。

かぐわしい樹々の周りには人気はなく、その美しい花は誰に見られることなく散っていくばかり。

春の一筋の山路には、誰一人聞く人はおらず、ただ鳥のさえずりが空しく響いている。

言葉の意味

春行：春の行楽。

寄興（きょうをよす）：感じたことを詩に寄せること。

宜陽：現在、河南省洛陽の西南に位置する町。

城下：郊外。

萋萋：草木が盛んに生い茂る様子。

澗水：谷川の水。

芳樹：かぐわしい樹々のこと。

鑑賞のポイント1

作者は、安禄山の乱［755-763］のとき、反乱軍に捕らえられ、迫られてその一員（官位を授与された）にさせられました。宜陽の町の郊外で草が盛んに生い茂っているのは、反乱軍に占拠されて荒れ放題になっていたからです。第一句の「草萋萋」（春の草が盛んに生い茂る）は、別離の悲しみを表します。第二句の、川の流れが定まらないのは、心の不安を表わしているかのようです。

鑑賞のポイント2

第一句の「草萋萋」は、感傷、悲傷のイメージでよく詩に使われます。草は冬の間は枯れていても、春になると生き返って青々と芽吹きます。それなのに、旅に出た人はまだ帰ってこない、という『楚辞』の詩から、「草萋萋」と言うと、別離の悲しみ、というイメージになります。

鑑賞のポイント3

後半は、人が見ていなくても花は自然に咲いて散っていく、人が聞いていなくても鳥は美しい声で鳴いている、と言います。人の世とはかかわりなく、おのずから春を謳歌している自然に対し、人の世のはかなさを対比し、人の世の悲しさを詠います。

豆知識　「重言」と漢詩

ある状態を表わす語を二つ重ねることを「重言」といいます。日本語の畳語と同じです。重言（＝畳語）が表わしているのは「物事などが複数であること」、「動作などの反復、継続」、「意味の強調」の三つです。

漢詩では、本詩の「萋萋」や本書で紹介した「春夜」（蘇軾）（P52）の中の「沈沈」（夜が深々と更けていくさま）のほかに、「青青」（瑞々しいさま）、「漠漠」（広々として果てしないさま）、「蕭蕭」（悲しむさま）、「赫赫」（赤々と照り輝くさま）、「灼灼」（光り輝くさま）、「夭夭」（若若しく美しいさま）、「蓁蓁」（生い茂るさま）、「漠漠」（広々として果てしないさま）、「天天」（日々、毎日）、またそのほかには、「呱呱」（生まれて間もない赤ん坊の泣く声）、「噭噭」（よく鳴くさま）などの言葉もあります。

塞外の凄惨な風景を詠う詩を鑑賞する

塞下曲／塞下の曲

常建

例句 ■は押韻

北海陰風動地來
明君祠上望龍堆
髑髏盡是長城卒
日暮沙場飛作灰

北海の陰風地を動かして来る
明君の祠上竜堆を望む
髑髏　尽く是れ長城の卒
日暮沙場飛んで灰と作る

詩形　七言絶句

大意

北海の方から、陰鬱な北風が地鳴りを上げて吹いてくる。

明君の祠のあたりから白竜堆を眺めると、そこかしこにどくろが転がっている。それらはみな万里の長城を築く際に徴兵され、人夫として酷使され、その後も異民族との戦いに使役されて死んでいった多くの兵士たちだ。

暮れゆく砂漠の上を、それらは灰となって舞い飛んでいく。

言葉の意味

塞下曲：「塞下」とは、辺境のとりでのあたり、という意。唐以降に作られた「新楽府題（しんがふだい）」の一つ。

北海：北方の塞外にある湖。

陰風：北風。

明君祠：明君は、漢の元帝の後宮にいた宮女・王昭君。その明君を祀（まつ）った祠（ほこら）。

竜堆：白竜堆の略。新疆（しんきょう）ウイグル自治区東部から甘粛（かんしゅく）省最西部一帯に広がる砂漠のこと。

長城卒（ちょうじょうのそつ）：秦の始皇帝が万里の長城を築く際に徴兵された兵士たちのこと。人夫として酷使され、その後も異民族との戦いに使われ、多くの人が亡くなった。

沙場：砂漠。

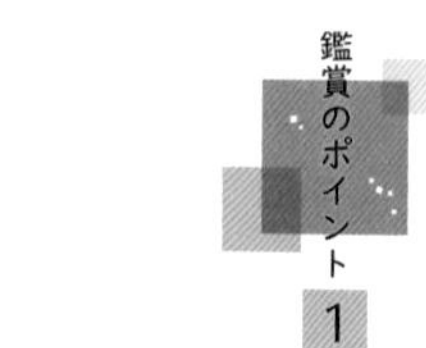
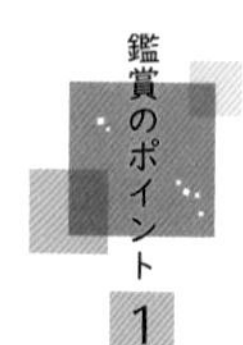

鑑賞のポイント 1

第一句「北海の陰風」で戦場の悲惨さをイメージさせています。「海」は砂漠地帯にある湖などを言います。砂漠は、戦場です。

鑑賞のポイント 2

第二句「明君の祠上」で、今いる場所が、明君の祠のあたりであることを示しています。明君は明妃とも言います。王昭君とも言います。画家に賄賂を贈らなかったため肖像画が醜く描かれ、そこで異民族との和睦に醜い王昭君を差し出したと言われます。政治のかけひきのために嫁がされ、生涯寂しい人生を送った宮女です。その墓のほとりにいる、というだけで、寂しい気持ちになります。

鑑賞のポイント 3

第三句、第四句、戦争で殺された兵士の亡骸（なきがら）が、今は骸骨になって転がっている様子を描写します。戦争のむごさや政治への不満や、兵士の悲しみや、そうしたことは何も言いません。砂漠にころがる白い髑髏、生臭い風が吹き、灰が飛ぶ、ただそれだけです。何も言わないがゆえに、戦争の悲惨さが不気味に迫ってきます。

豆知識　新楽府題

前述の通り、漢の武帝がつくった役所（楽府）の名がそのまま歌謡曲・民謡のジャンル名となり、それを楽府題と呼びますが、唐代以後につくられた新しい楽府題のことを「新楽府題」といいます。「塞下曲」もそのうちの一つです。

新楽府題には、歌詞は作者不明のものが多く、都から遠く離れた辺境の地における戦闘や出征兵士の感慨などを詠うものが多いとされています。

なお、「新楽府」といった場合は、民衆の声を代弁して政治批判をするのが楽府本来のあり方だとして白居易が創作した50編のことを指します。また、新楽府題のことを「近代曲辞」と呼んで区別することもあります。

時間の大切さを詠う詩を鑑賞する

偶成／偶成（ぐうせい）

朱熹（しゅき）

例句

■は押韻

少年易老學難**成**
一寸光陰不可**輕**
未覺池塘春草夢
階前梧葉已秋**聲**

少年（しょうねん）老（お）い易（やす）く　学（がく）成（な）り難（がた）し
一寸（いっすん）の光陰（こういん）　軽（かろ）んずべからず
未（いま）だ覚（さ）めず　池塘（ちとう）春草（しゅんそう）の夢（ゆめ）
階前（かいぜん）の梧葉（ごよう）　已（すで）に秋声（しゅうせい）

詩形

七言絶句

大意

若いころはまだまだ若いと思っているが、年をとるのは早く、なかなか学問を成就させることができない。

だから、たとえわずかな時間でもおろそかにしてはいけない。

池のほとりの堤（つつみ）で春の草が萌え出した楽しい夢を見ているうちに、いつの間にか秋になって、階段の前の庭先の青桐の葉は悲しい音をたてて落ちてしまうのだ。

言葉の意味

偶成：たまたまできたの意。

少年：「青少年」「若いころ」といった意を表す。

一寸光陰（いっすんのこういん）：わずかな時間、ほんのひとときの時間。

不可軽（かろんずべからず）：おろそかにしてはいけない。

池塘：池の堤（つつみ）。

春草夢：春の草が萌え出した楽しい夢。

階前：階段の前。庭のことを言う。

梧葉：青桐の葉。

已：いつの間にか。

秋声：秋風に吹かれて散っていく音。

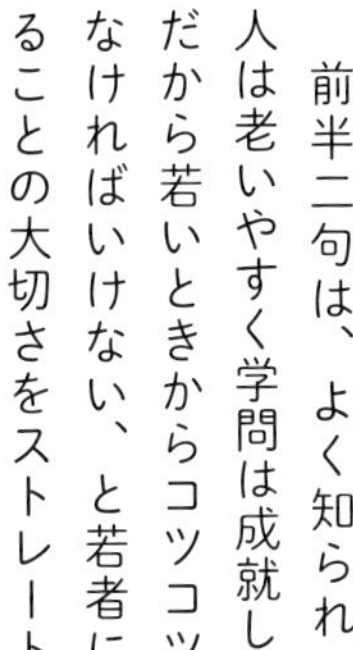

鑑賞のポイント 1

前半二句は、よく知られる名句。人は老いやすく学問は成就しがたい、だから若いときからコツコツ勉強しなければいけない、と若者に学問することの大切さをストレートに言います。

鑑賞のポイント 2

第三句の「池塘春草夢」は、六朝時代の高名な詩人・謝霊運が夢の中で「池塘春草を生ず」の句を得たという話や、第四句で「梧桐一葉落ちて、天下尽く秋を知る」という言葉（俚言）を踏まえるなど、世間でよく知られた故事を引用しています。

鑑賞のポイント 3

後半二句は、前半二句のお説教じみた言い方を、比喩によってわかりやすく諭します。人生の青春と、黄昏の秋を比喩し、楽しく夢見心地で過ごしているうちに、あっという間に秋がくるぞ、と言います。ストレートな言い方と、比喩のうまさとが分かりやすい詩にしています。

朱熹と朱子学

本詩の作者・朱熹は、朱子とも呼ばれます。宋代に新たに起こった学問を集大成して「朱子学」とも言われます。その概要は、万物は「理」と「気」によって構成される「理気二元論」の立場に立っています。

気は、万物を構成する要素でつねに運動してやむことがないものをいいます。そして「気」の運動量の大きいときを「陽」、運動量の小さいときを「陰」と呼び、陰陽の二つの気が凝集して木火土金水の「五行」となり、「五行」のさまざまな組み合わせによって万物が生み出されると、認識していました。

理は根本的実在として、そうした気の運動に対して秩序を与えるものであるとし、自己と社会、自己と宇宙は、理という普遍的原理を通して結ばれており（理一分殊）、自己修養（修己）による理の把握から社会秩序の維持（治人）に到ることができるとする、個人と社会を統合します。それゆえ、朱子学は当時、社会の統治を担う士大夫層の学として受け入れられました。

日本では、１１９９年（正治元年）に入宋した真言宗の僧・俊芿が日本へ持ち帰ったのが日本伝来の最初とされています。鎌倉時代後期までには、五山を中心として学僧等の基礎教養として広まり、１２９９年（正安元年）に来日した元の僧・一山一寧によって注釈が伝えられました（日本朱子学の祖と言われる）。

きちんとわかるコツ その2
40

スピード感あふれる舟旅を詠う詩を鑑賞する

早發白帝城／早に白帝城を発す

李白

例句　■は押韻

朝辭白帝彩雲間
千里江陵一日還
兩岸猿聲啼不盡
輕舟已過萬重山

朝に辞す白帝彩雲の間
千里の江陵一日にして還る
両岸の猿声　啼いて尽きざるに
軽舟已に過ぐ　万重の山

詩形

七言絶句

大意

朝早く朝焼け雲のたなびく白帝城に別れをつげて、千里かなたの江陵にたった一日でゆく。

切り立つ両岸では猿の鳴き声が絶え間なく続き、私の乗った軽い舟は、いくえにも重なる山々の間をあっという間に通り抜けた。

言葉の意味

早：朝早く。

白帝城：四川省奉節県の東十三里にあるとりで。蜀（しょく）の劉備（りゅうび）がここを居城としたこともある。

彩雲：朝焼け雲。

千里江陵（せんりのこうりょう）：千里かなたの江陵。

一日還（いちにちにしてかえる）：現実的には不可能。3日はかかると言われる。この言葉は川の速さ（最大流速1時間24㎞）を言う慣用語になっている。

猿声：猿の鳴く声。

啼不尽（ないてつきず）：絶える間なく鳴く。

万重山（ばんちょうのやま）：いくえにも重なる山々。

鑑賞のポイント 1

第一句で「白帝」の「白」、「彩雲」の「紅」といった彩の対比によって、早朝のさわやかさを印象づけます。また第二句の「千」と「一」によって、スピード感を出します。

鑑賞のポイント 2

作者がはじめて蜀の地を出た25歳の作品とされています。猿は悲しみを象徴する動物で、その鳴き声は、三峡を往来する漁師がひと声聞くと涙がこぼれ、ふた声聞くと涙で袖がぬれる、というほど悲しみをさそったといいます。第三句で、「猿声」を詠いこむのは、蜀の地に別れを告げる悲しみを表わすためです。

鑑賞のポイント 3

第四句で、「軽い舟」「いくえにも重なる山々」と、「軽」と「重」の対比によって、山の間を軽い舟があっというまに通り抜けていったというスピード感を出します。ここは、「猿声」の後を承けますので、故郷への思いを断ち切るかのように、という意味合いも含まれます。「重」は、ここでは「かさなる」の意ですが、「重い」という意味もありますので、「万重の山」は、幾重にも重なる、どっしりとした山、といったイメージになります。

豆知識 「猿」と漢詩

悲しいときやつらいときに「断腸の思い」と言いますが、これは猿の故事から生まれました。むかし三峡を軍船が通ったとき、兵士が子猿を捕まえてきました。すると母猿が鳴きながら船のあと追い、船に飛び込んで息絶えました。母猿のお腹を割いてみると、子どもがさらわれた悲しみのため、腸がずたずたに断ち切れていたといいます。

猿の鳴き声は望郷の念をさそう悲しい声としても使用されます。詩語としての猿声は、早くは『楚辞』に見えますが「悲哀」の意味があるかどうかは不明です。

猿声が悲哀の情緒を含むようになるのは三国時代「220年・280年」以降という見方があります。その最も早い例として「毛詩草木鳥獣虫魚疏」と呼ばれる『詩経』の注釈をあげる専門家もいます。

きちんとわかるコツ その2

41

友を見送る尽きせぬ別離の情を詠う詩を鑑賞する

黄鶴樓送孟浩然之廣陵／黄鶴楼にて孟浩然の広陵に之くを送る

李白

例句　■は押韻

故人西辭黄鶴**樓**
烟花三月下揚**州**
孤帆遠影碧空盡
唯見長江天際**流**

故人　西のかた黄鶴楼を辞し
烟花　三月　揚州に下る
孤帆の遠影　碧空に尽き
唯だ見る　長江の天際に流るるを

詩形

七言絶句

大意

わが親友（孟浩然）は、この西の黄鶴楼に別れを告げて、花のかすみのたつ春三月、揚州へと下ってゆく。

楼上から眺めると、友の乗った帆かけ舟の姿がしだいに遠ざかり、青い空のかなたに吸い込まれ、消えてしまった。

あとにはただ長江の水がとうとうと天の果てへと流れてゆくばかりである。

言葉の意味

黄鶴楼：武漢市武昌区にかつて存在した楼閣。

故人：親友。ここでは、孟浩然のこと。

烟花：春の花にかすみが立ちこめていること。

三月：旧暦の三月（晩春）。

揚州：当時の花の都。題名では広陵と言う。

孤帆：一隻（せき）の帆かけ舟。

天際：空の果て。

揚州は、当時の人々が一度は行ってみたいと思う華やかな都でした。第二句は、花の都の「揚州」に明るい春景色の「烟花三月」を取り合わせ、これでもかと言うほどの華やかさを演出します。

第三句では、前半の華やかさからガラリと変わり、去り行く舟が青空のかなたに消えていくさまを詠います。友が去って行くすがたを、悲しくじっとみている様子が伝わってきます。

第四句では、舟の姿が見えなくなり、親友が去ってしまった空虚感を、「長江」の水が「天」の際にとうとうと尽きることなく流れるという、茫漠とした風景に託して詠います。長江の尽きない流れは、作者の尽きない寂しさと孤独を表わしています。

「花」と漢詩

漢詩において単に「花」と出ていることがあります。日本の和歌や俳句では「花」と言えばおおむね「桜の花」を指しますが、漢詩の場合、何の花かを特定するのは簡単ではありません。

漢詩において「花」というとき、それが桜であることは決してありません。桜は日本固有の植物で、中国にはなかったものです。漢字に「櫻（桜）」の字はありますが、それはユスラウメという、梅をさしました。

中国の詩では「花」はその詩によって、桃やすもも、梅、牡丹（ぼたん）、海棠（かいどう）、ツツジ、あるいは名も無い山の花を詠っている場合などさまざまです。

杜甫の「春望」（P23）の中の「時に感じては花にも涙を濺（そそ）ぎ」の花は、桃かすももの花であろうと言われています。同じく杜甫の「絶句」（P48【豆知識】参照）の「山青くして花然（も）えんと欲す」の花は、山一面に真っ赤に咲き乱れる「ツツジ」であろうと言われています。また、孟浩然の「春暁」（P49）の「花落（はなお）つること知（し）る多少（たしょう）」は、春分の詩としておそらく桃だと言われています。日本とは違い、紅い花が好まれます。

きちんとわかるコツ その2
42

不遇な身を壮大な自然と対比させて詠う詩を鑑賞する

臨洞庭／洞庭(どうてい)に臨(のぞ)む

孟浩然

例句　■ は押韻

八月湖水**平**
涵虚混太**清**
氣蒸雲夢澤
波撼岳陽**城**

欲濟無舟楫
端居恥聖**明**
坐観垂釣者
徒有羨魚**情**

（↳ ↲ は句の順番を示しています）

八月湖水平なり
虚を涵して太清に混ず
気は蒸す雲夢沢
波は撼がす岳陽城

済らんと欲するに舟楫無し
端居聖明に恥ず
坐に釣を垂るる者を観て
徒らに魚を羨むの情あり

詩形

五言律詩

言葉の意味

洞庭：洞庭湖（長江の中流にある中国第二の湖）

八月：陰暦の八月、中秋。

涵虚（きょをひたす）：虚は空のこと。空と湖水の境が不明瞭なさま。

太清：天のこと。

気蒸（きはむす）：水蒸気が立ちこめる。

雲夢沢：湖北省南部、長江沿岸の大湿地帯である雲沢・夢沢の総称。

岳陽城：洞庭湖の東北端の町。

端居：何もしない生活。

聖明：天子あるいは天子の徳。

坐：ただなんとはなしに。

垂釣者（ちょうをたるるもの）：釣り糸を垂れている者。

羨魚情（うおをうらやむのじょう）：魚を欲しがる気持ち。

大意

空気が澄み切った中秋八月の洞庭湖の湖面は、空と湖水の境がもはやわからないほどに、果てしなく平らかに広がっている。

この湖面から立ち上る水蒸気は、この長江沿岸の大湿地帯・雲夢沢に立ちこめ、湖面に立つさざ波は、ここ岳陽の町全体をゆり動かすほどである。

そのような広い湖面を渡ろうと思ったが、どこにも舟も楫（かじ）もみあたらない。かといって、何もしない生活を送っていれば、天子の恩徳に対して自らの不明を恥じることになる。

ただなんとはなしに釣り糸を垂れている人をながめては、ただただ魚を得たい気持ちを起こすばかりだ。

鑑賞のポイント1

首聯（第一句・第二句）では、湖面と空を対比することで、満々と水をたたえた湖面の広さを際立たせています。

鑑賞のポイント2

頷聯（第三句・第四句）では、湖面から水蒸気が立ち上って雲夢沢に立ちこめている様子を描き、湖面に立つ波が岳陽の町全体をゆり動かすほどだと言い、縦の動きと横の動きを対句にして、そのスケールの大きさを表します。

鑑賞のポイント3

後半四句は、自らの不遇を嘆く内容となっており、前半四句の自然描写のスケールが大きいだけに、自分の情けなさ、みじめさが強調されます。

鑑賞のポイント4

第五句の「欲済無舟楫」は、『書経』説命編に、「もし巨川を済らば、汝を用いて舟楫となさん」とあるのにもとづいています。つまり、湖面を渡ることになぞらえて、官職に就くにもつてがないことを暗示しています。

鑑賞のポイント5

第八句の「徒有羨魚情」は、ここでは、官職を得たい気持ちを暗示しています。

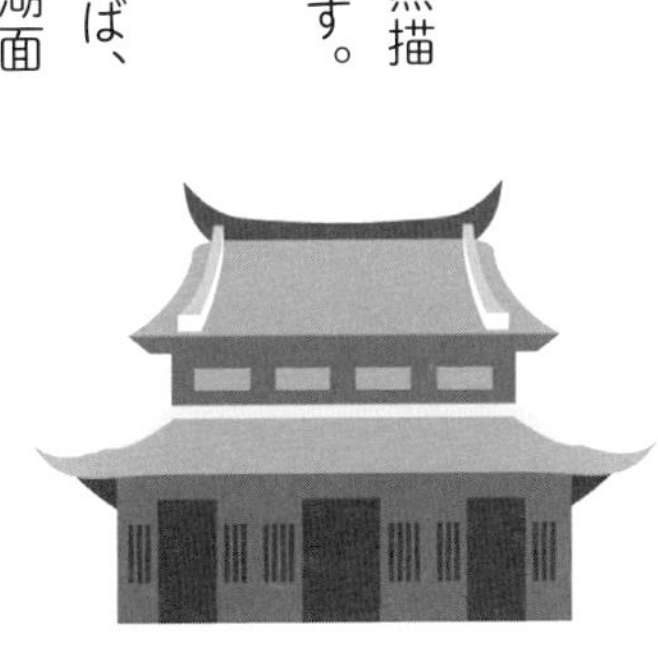

李白への敬愛の気持ちを詠う詩を鑑賞する

春日憶李白／春日李白を憶う（しゅんじつりはくをおもう）

杜甫

例句　[押韻]は押韻

白也詩無敵
飄然思不群
清新庾開府
俊逸鮑参軍

渭北春天樹
江東日暮雲
何時一樽酒
重與細論文

（↪ ↩ は句の順番を示しています）

白也詩に敵無し
飄然として思群せず
清新なるは庾開府
俊逸なるは鮑参軍
渭北春天の樹
江東日暮の雲
何れの時か一樽の酒もて
重ねて与に細かに文を論ぜん

詩形

五言律詩

言葉の意味

白也：白は李白。也は呼びかける気持ち。

飄然：世俗を超越していて何物にもとらわれない。

清新：清らかで新鮮。

庾開府：北周の詩人「庾信［513-581］」のこと。開府は官名。

俊逸：ずばぬけて詩才がある。

鮑参軍：南朝宋の詩人「鮑照［421-465］」のこと。

渭北：渭水の北。北の長安を指す。

江東：揚子江下流東側の地。李白は当時、この地を漂泊していた。

細論文（こまかにぶんをろんぜん）：細かに文学について論ずる。

大意

李白よ、あなたの詩才は天下に敵がなく、その詩に込める思いは、世俗を超越してなみはずれている。

その詩の新鮮なことはちょうど北周の庾信のようで、ずばぬけて詩才があることは、ちょうど宋の鮑照のようである。

今、私は北の渭水の春の空の下、木々を眺めながらあなたのことを思っているが、あなたは江東の地で夕焼け雲を眺めながら都にいる私のことを思っていることだろう。

いつの日にか、あなたと樽の酒をくみ交わしながら、再び一緒に細かに文学について語り合いたいものだ。

鑑賞のポイント1

第一句で「白也」と、作者・杜甫にとって年長者の李白に呼びかけていますが、これは当時の習慣にはないことです。通常であれば字（李白は「太白（たいはく）」）で呼びます。ここでは、それだけ李白への思いの強さが感じられます。

鑑賞のポイント2

頷聯の二句では、李白の詩の特質である「新鮮さ」と「ずばぬけた詩才」を、それぞれに歴史上の詩人と比べています。詩を詩の中で評価する方法を、杜甫はいとも簡単に行っています。杜甫は『文選（もんぜん）』をよく学んだと言います。その根底があってはじめて批評ができるのです。

鑑賞のポイント3

頸聯の五字目の漢字「樹」「雲」を合わせると「雲樹」という熟語ができます。雲にとどくほど高くそびえる木をいいますが、杜甫のこの詩から、親友どうし遠く隔たる意味にもなり、友情を表すようにもなります。後半の句では、二人の距離の遠さを表わしています。いつか再び酒を交わして、お互いに好きな文学についてとことん語り合いたい、というのは、詩人としての李白を心から尊敬していたという表われです。

杜甫と李白

744年の初夏、李白は都を追われ、山東へ向かう途中で、洛陽に立ち寄った際に杜甫と出会いました。当時、杜甫は33歳、李白は44歳でした。この時、杜甫は科挙に落第しており、お互いに失意の中での出会いでした。その後二人は、2年あまりの放浪の旅に出ました。この時杜甫は、偉大な先輩詩人である李白から大きな影響を受けました。そしてその後は生涯再び会うことは叶わなかったものの、杜甫は李白への思いを生涯持ち続け、李白を思う詩を十五首残しています。

はるか遠い地へ左遷された友を思う詩を鑑賞する

八月十五日夜禁中獨直對月憶元九／八月十五日（はちがつじゅうごにち）の夜（よる）、禁中（きんちゅう）に独（ひと）り直（とのい）し、月（つき）に対（たい）して元九（げんきゅう）を憶（おも）う

白居易

例句　■は押韻

銀臺金闕夕沈**沈**
獨宿相思在翰**林**
三五夜中新月色
二千里外故人**心**

渚宮東面煙波冷
浴殿西頭鐘漏**深**
猶恐清光不同見
江陵卑濕足秋**陰**

（↪ ↩ は句の順番を示しています）

銀台金闕夕べ沈沈
独宿相思いて翰林に在り
三五夜中新月の色
二千里外故人の心
渚宮の東面煙波冷やかに
浴殿の西頭鐘漏深し
猶お恐る清光同じく見ざるを
江陵は卑湿にして秋陰足し

詩形

七言律詩

言葉の意味

八月十五日夜：旧暦の八月十五日、中秋の明月の夜。
禁中：宮中。
独直：ひとりで宿直する。
対：顔を向けて見る

元九：元稹のこと。このとき、元稹は宦官の怒りによって、湖北の江陵に左遷されていた。
銀台金闕：宮中のあちこちにそびえ立つ高殿のこと。銀、金は美的修飾語。
夕沈沈：「夕」は夜のこと。夜がふけるさま。

相思：相手のことを思う。
翰林：翰林学士の詰め所の翰林院のこと。
三五夜：十五夜。
新月：出たばかりの月。
故人：昔からの親友。元稹のことをさす。
渚宮：春秋時代の楚王の宮殿。江陵城内に故趾があった。
煙波：もやにけぶる水面。
浴殿：大明宮にあった浴堂殿（太子の湯殿）。
鐘漏：時を告げる鐘や水時計。
猶：それでもなお。
清光：清らかな月光。
卑湿：土地が低くて湿気が多いこと。
足：「多」と同じ。
秋陰：秋の曇り。

大意

宮中のあちこちに金や銀づくりの華麗な高殿がそびえ立ち、夜がしんしんと更けてゆくなか、私はひとり翰林院に宿直しながら、君のことを思っている。

今宵は十五夜、出たばかりの明月に、はるか二千里の彼方にいる君の心がしのばれる。

君のいる渚宮の東の方では、もやにかすんだ水面が、月に照らされて冷たく光っているだろう。私がいる宮中の浴殿の西側では、時を告げる鐘や水時計の音が、深々と時を刻んでいる。

君も私と同じくこの清らかな月光を見て、私を思ってくれているだろうが、それでもなお心配なのは、君がこの清らかな月光を見られないのではないかということだ。なぜなら、江陵の地は低く湿っぽくて、秋も曇りがちの日が多いというから。

鑑賞のポイント 1

頷聯（第三句・第四句）は対句になっており、清らかな月の光のなかで、親友を思う気持ちがさわやかに詠われます。

鑑賞のポイント 2

続いて、頸聯（第五句・第六句）では、遠く隔たった互いの居場所を描いて、それぞれがどのような情況のなかで月を眺めているかを詠います。「煙波冷やか」からは寂しさが、「鐘漏深し」からは孤独に過ごす時間の長さが感じられます。

鑑賞のポイント 3

最後の尾聯（第七句・第八句）では、頷聯、頸聯の流れを承けながら、「もしかしたらこの美しい月を見られないのでは」と友のことを心配します。友への気遣い、友の身の上を案じている作者のあつい友情が感じられます。

鑑賞のポイント 4

尾聯での作者の友・元九がいま「卑湿」な地にいることが分かります。「空が曇っていて月が見られないかもしれない」というだけではなく、低く湿っぽい土地柄ゆえ、友の健康を心配する白楽天の心づかいも感じられます。

試験に落第して気落ちした友人を励ます詩を鑑賞する

酌酒與裴迪／酒(さけ)を酌(く)んで裴迪(はいてき)に与(あた)う

王維

例句 ■ は押韻

酌酒與君君自**寬**
人情翻覆似波**瀾**
白首相知猶按劍
朱門先達笑彈**冠**

草色全經細雨濕
花枝欲動春風**寒**
世事浮雲何足問
不如高臥且加**餐**

（↪ ↩ は句の順番を示しています）

酒を酌(く)んで君(きみ)に与(あた)う
君自(きみみずか)ら寛(ゆる)うせよ
人情(にんじょう)の翻覆(はんぷく)波瀾(はらん)に似(に)たり
白首(はくしゅ)の相知(そうち)すら猶(な)お剣(けん)を按(あん)じ
朱門(しゅもん)の先達(せんだつ)は弾冠(だんかん)を笑(わら)う
草色(そうしょく)は全(まった)く細雨(さいう)を経(へ)て湿(うるお)い
花枝(かし)動かんと欲(ほっ)して春風(しゅんぷう)寒(さむ)し
世事(せいじ)浮雲(ふうんなん)何ぞ問(と)うに足(た)らん
如(し)かず高臥(こうが)して
且(しばら)く餐(さん)を加(くわ)えんには

詩形

七言律詩

言葉の意味

裴迪：王維の友人。
自寛（みずからゆるうす）：自ら気分をゆったりさせること。
翻覆：ひっくりかえること。
波瀾：波。
白首：白髪頭(しらがあたま)。
相知：友人。
按剣（けんをあんず）：刀のつかを握り、構えること。
朱門：朱塗りの門。
先達：自分より先に出世した人。
弾冠：冠のほこりを払うこと。官途に就く準備をすること。
草色：若草の色。
細雨：霧雨(きりさめ)。
花枝：花の枝。ここでは特に不遇な裴迪を指す。
欲動（うごかんとほっす）：花のつぼみが開こうとしていること。
世事：世の中。
浮雲：はかないことのたとえ。
何足問（なんぞとうにたらん）：とやかく問題にするほどのことでもない。
不如（しかず）：～には及ばない。
高臥：世俗を避けて隠れて悠々と暮らす。
且：ひとまず。
加餐（さんをくわえる）：食べ物をたくさん食べる。「健康に気をつけて」というような意味に使用される言葉。

大意

君に酒をつごう。さあ、一杯飲んでゆったりした気分になりなさい。人の感情なんて、まるでうち寄せる波のように起伏があり、ころころ変わるものだ。

共に白髪になるまで仲の良かった友人同士でさえ、時には剣を取って争うこともあるし、先に出世した人たちは、うだつが上らず、まだ官途につけない人を冷笑しているものさ。

雑草は霧雨の中でしっとりうるおい青々している、いくらでも人は輝けるのだ。高雅な枝の花のつぼみが開こうとしても、そこに吹く春風が冷たいように、たとえ君が官途についても、そこは決して暖かな場所ではない。

世の中なんて、まるで浮き雲のようにはかないもので、とやかく問題にするほどのことでもない。もうそんなことはあれこれ考えず、超然として自愛することだ。

鑑賞のポイント1

この詩は、役人として不遇だった友人・裴迪を励ますため、王維が即興で作ったものです。

登用試験に失敗して、気落ちして作者の前に現れた裴迪に「くよくよしなさんな」と酒を勧める先輩・王維の人柄がにじみ出ています。

鑑賞のポイント2

第一句は、「酒を酌んで以って自ら寛うし、杯を挙げて断絶せよ、路(みち)の難(かた)きを歌うを」（南朝宋の詩人・鮑照(ほうしょう)の「行路難(こうろなん)に擬(ぎ)す」）を踏まえています。格式を重んじる律詩の冒頭に、口語調のくだけた表現が、友人へのやさしさと心遣いが感じられます。

鑑賞のポイント3

頸聯(けいれん)（第五句・第六句）の対句では、草や花をたとえにして浮き世のままならぬことを詠います。この比喩が味わい深く、納得させられます。詩は全体的に王維にはめずらしく激高している感があります。親友を思ってのことでしょう。

参考文献
『はじめての漢詩創作』鷲野正明著、白帝社
『漢詩の世界』石川忠久著、大修館書店
『漢詩鑑賞事典』石川忠久編、講談社　他

監修
鷲野　正明（わしの　まさあき）

新潟県出身。長岡高専（工業化学科）を卒業後、大東文化大学中国文学科、筑波大学大学院中国文学専攻を経て国士舘大学文学部講師に。国士舘大学名誉教授。著書に『はじめての漢詩創作』（白帝社）、『漢詩と名蹟』（二玄社）、共著に『傅山』（芸術新聞社）、『鄭板橋』（芸術新聞社）、『徐文長』（白帝社）、『唐寅』（白帝社）、『日本漢文小説の世界－紹介と研究－』（白帝社）など多数。監修に『中国の伝統色』（翔泳社）、漢詩集に『花風水月』がある。千葉県漢詩連盟ホームページに「さまよえる中級人」を連載中。また、NHK-Eテレ「吟詠」（年3回放送）で作品解説を担当している。

千葉県漢詩連盟会長、全日本漢詩連盟会長

【STAFF】
■編集・制作　有限会社イー・プランニング
■本文デザイン・DTP　小山弘子

基礎からわかる漢詩の読み方・楽しみ方 新版
読解のルールと味わうコツ45

2024年　3月15日　　第1版・第1刷発行行

監修者　鷲野　正明（わしの　まさあき）
発行者　株式会社メイツユニバーサルコンテンツ
代表者　大羽 孝志
〒102-0093 東京都千代田区平河町一丁目1-8
印　刷　株式会社厚徳社

ご意見・ご感想はホームページから承っております。
ウェブサイト　https://www.mates-publishing.co.jp/

企画担当：折居かおる

※本書は2019年発行の『基礎からわかる漢詩の読み方・楽しみ方 読解のルールと味わうコツ45』を「新版」として発行するにあたり、内容を確認し一部必要な修正を行ったものです。